KB269698

천재가 되고 싶은 소녀

장 편 소 설

천재가 되고 싶은 소녀

이근미 지음

내가 잘하는 걸 끝까지 하기

나는 3년 동안 대학교 피아노과에 다섯 번 떨어진 경험이 있다. 패인은 분석할 필요도 없이 명백했다. 레슨 선생님이 갑자기 해외에 가시면서 다른 선생님으로 바뀐 게 가장 큰 원인이었다. 새로운 레슨 선생님은 입시가 넉 달 남은 9월에 곡을 바꾸자고 했다. 19페이지나 되는 쇼팽 스케르초를 다 외운 건 겨우 입시 한 달 전이었다.

매우 불안한 마음으로 들어간 실기 시험장에서 갑자기 눈앞이 캄캄해지더니, 첫 줄을 틀리고 말았다. 다시 정신 차리고 연주를 시작하자 마치 누가 내 팔에 줄을 걸어 위에서 흔드는 것처럼 마구 떨렸다. 그때 커튼 뒤에서 그만 치라는 신호가 왔다. 딱딱! 입시장을 나오는데 마치 지옥에 다녀온 기분이었다.

이듬해 베토벤 소나타와 바흐 푸가를 열심히 준비했지만, 또 팔이 떨리면서 악보가 기억나지 않았고, 결국 다섯 번 연속 피아노과에 낙방했다.

다시 준비해 봐야 떨어질 게 뻔해 방향을 급선회했다. 어릴 때 글짓기 대회에서 상 받은 기억에 기대 지원한 문예창작학과를 단 한 번 만에 들어갔다. 전국에서 문예상을 휩쓸던 친구들이 대거 입학했고, 수십 년 역사를 자랑하는 학과에는 천재 선배들의 전설이 떠다녔다.

설상가상 "어떻게 하면 글을 잘 쓸 수 있나요?"라는 동기의 질문에 소설가 교수님이 "소설은 재능이 쓴다. 너희들 중 95%는 고급 독자로 남을 것이다"라는 독설을 날렸다. 피아노 트라우마에 천재가 아니면 소설을 못 쓴다는 엄포까지, 시작부터 잿빛이었다.

졸업하고 다양한 분야의 사람을 만나면서 깨달았다. 사람은 누구나 한 가지 재능을 타고 태어난다는 걸. 그런데도 도무지 하고 싶은 것도, 잘하는 것도 없다는 사람이 넘쳐난다. 하나님은 아기를 세상에 보내실 때 선물 하나 안 챙겨 주는 야박한 분이 아니건만. 오해는 접어두고 찬찬히 자신을 탐구하면 분명 보물을 발견할 수 있을 것이다.

가끔 엉뚱한 것에 팔려있을 때도 있다. 엄마의 권유로 배운 피아노를 나의 재능이라고 생각한 나처럼. 피아노 낙방 이후에야 나는 글쓰기가 더 편하고 나에게 맞는 옷이라는 걸 알게 되었다.

많은 사람을 만나면서 깨달은 건, 끝까지 가는 사람이 천재라는 점이다. 제아무리 잘나도 중간에 포기하면 천재는 날아가 버리고 만다. 나의 재능을 단련시키고 가다듬으며 끝까지 달려야 천재의 고지가 보인다. 누구와 경쟁할 필요 없이 내가 잘하는 걸 끝까지 하는 것, 그게 천재의 길이다.

세상에는 나와 잘 맞는 '재미있고 의미 있는 일'이 분명히 있다. 천재의 스텝을 밟으며 멋진 결실과 만나는 사람이 많아지길 기대한다. 소설 속의 예지와 서아와 민우가 반짝반짝 빛나는 천재성을 잘 닦아 나가길 희망한다. 트라우마를 딛고 끝내 멋진 교육자로 우뚝 선 선녀 쌤처럼, 세상 많은 사람이 선한 길을 달리며 승리하면 좋겠다.

항상 씩씩하고 최고로 성실한 천재 고정욱 선생님, 모차르트를 사랑해 천재 연구가로 변신한 조성관 작가님, 나와 주파수가 잘 맞는 태원 쌤과 영남 선배, 책을 만들어주신 사유와 공감, 모두 모두에게 감사드린다.

2025년 겨울
이근미

목차

오라중 합창대회

1장

오라중 합창대회

1. 오라중학교 선녀 쌤

"큼큼."

1학년 1반 학생들은 갑자기 화면에 등장해 헛기침하는 중년 여성을 주시했다. 강당 수리가 덜 끝나 교실에서 화상으로 입학식을 하느라 아무 자리에나 앉아 있을 때였다.

"나는 오라중학교의 교장 김선녀입니다. 선녀라고 할 때 웃은 사람 누구야?"

교장선생님이 화면에 가득 찬 정사각형의 상반신을 흔들며 화난 척하자 누가 "저렇게 뚱뚱하면 하늘로 못 올라가."라고 했고, 여기저기서 웃음이 터졌다.

"보이는 게 중요한 건 아니죠. 마음이 최고지. 각설하고, 여러분이 오라중학교 학생이 된 것을 환영하고 축하합니다. 박수!"

두툼한 손바닥을 마구 두드리는 교장선생님을 따라 몇몇이 손뼉 쳤다.

"신입생들에게 오라중학교의 전통을 확실히 알려주겠습니

다. 우리 학교에서 왕따는 절대 금지! 누가 왕따당한다는 말이 들려오면 내가 하늘 끝까지, 꿈속까지라도 따라가서 반드시 그 죄를 물을 겁니다. 여러분들의 커리어를 미리 챙기기 위한 일입니다. 장차 여러분이 아이돌을 비롯해 남들 앞에 서는 직업인이 되었을 때, 어릴 적 행적으로 발목 잡히면 안 되니까요. 핸드폰을 들고 다니는 시대, 더 이상 숨을 곳은 없습니다. 미리미리 경력 관리를 해야 합니다."

습관인 듯 또 큼큼거리던 교장선생님이 말을 이었다.

"왕따와 함께 학교 폭력을 엄하게 다스리겠습니다. 친구를 때린다, 괴롭힌다, 이런 말이 들려오면 이 김선녀가 몇 배로 갚아줄 테니 각오하세요. 1학년들, 못 믿겠으면 선배들에게 '선녀의 전설 따라 삼천리'를 들어보세요. 마음이 비단결 같은 김선녀가 왜 이렇게 힘들게 사느냐, 왕따와 학교 폭력으로 시달림받는 친구가 많기 때문입니다. 사랑이 철철 넘치는 학교가 저의 목표입니다. 그러니 신입생들도 협조해 주기 바랍니다. 이상! 아아, 까먹은 거 있다. 미안."

교장선생님이 자기 머리를 톡톡 치더니 말을 이었다.

"교장실은 활짝 열려 있어요. 고민 있는 사람은 언제든 찾아오세요. 누가 괴롭힌다, 누가 때린다, 그러면 바로 뛰어오거나 전화하세요. 배고픈 사람도 오세요. 간식을 잔뜩 쌓아놨으니까. 내 핸드폰 번호 오픈합니다. 아래에 나오고 있죠? 언제든 전화하세요. 새벽에도 괜찮아요. 나는 혼자 사는 노처녀거든요. 하하하. 이상.”

교장선생님은 까먹은 게 또 있다며, 쿠하하, 웃었다.

“김선녀 교장선생님, 노노, 너무 길어. 그리고 권위적으로 들려. 나는 여러분의 친구가 되고 싶어요. 그냥 선녀 쌤으로 불러주세요. 선녀 쌤 진짜 사라진다. 뿅!”

교장선생님과 정반대로 늘씬한 이해나 선생님이 얼굴 가득 미소를 띠며 강단으로 올라왔다. 시원한 눈매로 학생들을 죽 둘러본 담임선생님이 긴 생머리를 뒤로 젖히며 말했다.

“어때? 선녀 쌤 훈화를 들은 소감이? 선녀 쌤이 3월에는 매주 한 번, 4월부터는 한 달에 한 번 내지 두 번 훈화하실 예정이야. 갑자기 전할 뉴스가 있으면 쉬는 시간에 기습적으로 방송하시기도 하고. 워낙 사랑이 깊어서 우리 학생들에게 관심이 많으셔. 나도 이해나 선생님이 아니라 해나 쌤으로 불러줘. 우리 학교는 이렇게 통일했어.”

해나 쌤이 새로 맡게 된 30명의 학생을 죽 둘러봤다.

“선녀 쌤이 왜 저렇게 왕따와 학교 폭력을 강조하시냐면 몇 년 전에 우리 학교에서 한 학생이 괴롭힘을 당하다 안 좋은 선택을 했거든. 당시 교감이었던 선녀 쌤이 며칠간 식사도 안 하실 정도로 마음 아파하셨어. 그리고 우리 학교 출신 연예인이 빵 뜨자마자 예전에 학폭 당했던 친구가 그 사실을 폭로했고, 바로 나락으로 갔지 뭐.”

여기저기서 “누구지? 누구지?” 하는 소리가 들렸다. 그런

연예인이 한둘이 아니니 조심해야 하는 건 확실했다.

"철없을 때 장난처럼 애들 괴롭혔다가 인생 망치는 일, 너무 안타깝잖아. 그래서 선녀 쌤이 왕따와 학교 폭력 퇴치를 강하게 추진하시는 거야. 괴롭힘당하는 학생뿐만 아니라 철모르고 날뛰다가 나중에 피눈물 흘리는 학생도 나오지 않게 하시려고. 선녀 쌤이 그런 노력을 기울이셔서인지 취임 2년 만에 우리 학교에서 왕따와 학교 폭력이 사라졌어."

다들 눈을 반짝이며 허나 쌤 말을 듣는데 딱 한 명이 고개를 돌려 창밖을 바라봤다. '쟤는 태도가 굉장히 불량하네.' 이런 생각을 하며 그 아이를 빤히 쳐다보던 서아는 순간 가슴이 철렁했다. 초등학교 때 같은 영재 스쿨에 다녔던 예지가 틀림없었기 때문이다. 서아는 예전에 예지를 보면서 '나는 천재가 될 수 없는 건가.'라는 생각으로 좌절했던 게 떠올라 마음이 심란했다. 피아노 잘 쳐서 천재 소리를 듣던 예지가 왜 예술중학교가 아닌 오라중학교에 왔는지 궁금했다.

'나도 입학식에 오기 싫었는데 예지는 더했겠지.'

그런 생각을 하며 서아는 예지를 슬쩍슬쩍 훔쳐봤다. 몇 년간의 공백이 있어 떨어질 걸 알았으면서도, 예술중학교 시험에 낙방했을 때 크게 실망했던 서아는 마음이 울적해졌다. 뻥 뚫린 마음이 여전히 회복되지 않아서였다.

예지와 마음을 나누며 서로 위로하면 좋겠다는 생각에 다시 쳐다보는데 예지는 자신과 다른 듯했다. 다 마음에 안 든다는 듯 짜증 섞인 표정이었다. 사실 서아도 비슷한 심정이지만 겉으로 표시를 내지 않을 뿐이다. 집에서든 밖에서든 마음을 숨기고 밝은 표정으로 지내는 중이다. 그래야 부모님이 걱정을 덜 하시니까.

서아는 울적한 마음으로 해나 쌤을 바라봤다. 학교에 대한 소개와 여러 주의 사항을 전한 해나 쌤이 이상으로 입학식을 끝낸다고 말했다.

"자, 이만 돌아가도 좋아요. 임예지, 이서아, 박민우, 세 사람은 남으세요."

아이들이 빠져나간 교실에 세 명이 남아 멀뚱멀뚱 서로를 바라봤다.

2. 영재 스쿨과 예서민 앙상블

해나 쌤은 세 사람에게 교탁 가까이 와서 앉으라고 했다. 키가 훌쩍 크고 잘생긴 민우와 찬바람이 돌아 하얀 얼굴이 더 핏기 없어 보이는 예지, 아담한 키에 수줍은 미소를 띤 서아가 주춤주춤 앞으로 나왔다.

"왜 남으라고 했는지 궁금하지? 너희들이 악기를 잘 다루기 때문이야."

서아는 그제야 고개를 끄덕였다. 선녀 쌤의 훈화가 시작되기 전에 해나 쌤이 '우리 친해져요'라는 제목 아래 몇 가지 질문이 적힌 종이를 나눠주었다. 질문 가운데 특기를 적는 난이 있었고, 서아는 거기에 바이올린이라고 써서 제출했다.

"선녀 쌤이 왕따와 폭력 없는 학교를 만들기 위해 재미있는 프로그램을 많이 만드셨어. 대표적인 1학기 이벤트가 5월에 열리는 교내 합창 대회야. 그때 합창곡 한 곡과 창작곡 한 곡을 발표해야 해. 임예지, 이서아, 박민우가 악기를 연주한다고 적었던데, 너희들이 반주도 맡고 작곡도 하면 될 것 같아서 남으라고 한 거야."

서아는 시험에 떨어진 이후 베란다 구석에 처박아 둔 바이올린을 떠올렸다. 다시 꺼낼 때 기분이 복잡할 것 같아 벌써부터 마음이 아팠다. 예지는 인상을 확 찌푸렸다. 예술중학교에서 격조 높은 곡을 연주해야 할 자신에게 너무 수준 떨어지는 제안이어서……. 오랜만에 첼로 연주할 생각에 신이 난 민우만 "네. 좋아요, 선생님!"이라고 크게 외쳤다.

"각 반 선생님이 1등 하려고 엄청 신경 쓰셔. 선녀 쌤이 1등 팀에게 큰 상금을 주시거든. 그 상금으로 반 전체가 놀이공원에 가는 게 전통이야. 내가 이 학교에 온 지 5년 됐는데 한 번도 1등을 못 해 봤어. 이번에 우리 반이 1등 해서 다 같이 놀이동원에 갔으면 좋겠어."

해나 쌤의 눈이 반짝반짝했다. 민우는 "당연하죠. 1등은 우리 거예요."라고 자신 있게 말했다. 서아는 내키지 않지만 학교 방침에 따라야겠다고 생각했고, 예지는 속으로 코웃음을 쳤다.

"그럼, 셋이 의논해 봐. 앙상블 명칭으로 예서민 어때? 너희들 이름 첫 글자를 따서 방금 만든 거야. 예서민 앙상블 잘해 보자. 아자아자!"

해나 쌤이 구호를 외치고는 먼저 자리를 떴다.

해나 쌤이 나가자 예지가 말도 없이 일어섰다.

“야, 의논해야지.”

민우가 불렀지만 예지는 들은 체도 안 하고 나가버렸다.

“기분 안 좋은 일이 있나? 나는 박민우야. 네가 이서아? 아니면 임예지?”

서아도 솔직히 그냥 가고 싶었지만 그러면 안 될 것 같아 자리에 앉았다.

“나는 이서아고 바이올린.”

“아까 걔가 임예지고 피아노구나.”

민우의 말에 서아는 고개만 끄덕였다. 예지를 안다고 하면 예술중학교에 떨어진 얘기까지 이어질 것 같아서였다.

“나는 첼로. 어릴 땐 잘해서 영재 스쿨까지 다녔지만, 한동안 안 해서 실력이 녹슬었을 거야.”

민우가 영재 스쿨이라고 말할 때 서아의 귀가 번쩍 뜨였다.

“영재 스쿨? 나도 다녔는데. 3학년 때 무지개 예술회관 영재 스쿨에.”

“어? 나도 거기 3학년 때 다녔어. 그러고 보니 너 본 것 같아. 우리 그때 합주도 했잖아.”

서아도 민우가 낯설지 않았다. 예지까지 셋이 같은 기간에 영재 스쿨을 다녔다는 게 신기했다.

“와, 대단한 인연이다.”

민우는 아빠의 미국 지사 발령으로 유치원 다닐 때 뉴욕으로 갔다고 했다. 유치원 때부터 첼로를 배웠는데, 너무 재미

있어서 열심히 했다며.

"미국에서 영어만 쓰니까 아빠가 한국말 잊어버리면 안 된다고 3학년 때 나를 서울로 보내셨어. 도착한 날, 첼로 연주를 하니까 할아버지가 막 칭찬하시더니 일요일에 교회에서 연주할 수 있도록 해주셨어. 마침, 교회 선생님이 영재 스쿨에 근무하는 분이어서 테스트받을 수 있었고 합격해서 1년 동안 다닌 거야. 4학년 때 미국으로 돌아갔더니 영어 실력이 많이 줄었다며, 엄마가 공부만 열심히 하라고 해서 첼로를 안 하게 됐지. 이번에 다시 연주하게 되어 신나."

서아는 민우가 솔직하게 말해준 것에 대한 보답으로 자신의 얘기를 털어놓았다. 사실 그동안 아무에게도 말하지 못한 사연이었다. 생각만 해도 마음 아팠기 때문이다. 큰집 언니가 바이올린을 배우다가 그만두면서 자기에게 악기를 줬고, 취미로 시작했다가 영재 스쿨까지 가게 됐다는 말부터 꺼냈다.

"거기서 현실을 알게 됐지. 엄청나게 비싼 악기를 갖고 다니는 애들이 많은 데다 그때 벌써 유학 준비하는 친구도 있었어. 방학 때 비싼 회비 내고 유명 교수님께 배우는 마스터 클래스에 참가하는 친구도 많았고. 우리 집은 아빠가 회사에 다니는 평범한 집안에다 엄마가 실직해서 그리 넉넉하지 않을 따였어. 나는 마침 작은 아빠가 남아프리카공화국에 있는 신학교로 유학 가신대서 따라간 거야. 거기 스텔렌보쉬라는 신학교가 명문이래. 영국 식민지 시절 그대로 영국 학제와 영어를 쓴다는 말에 마구 졸랐어. 그냥 한국을 떠나고 싶었거든.”

서아가 한숨을 후 내쉬자, 민우가 걱정스러운 표정을 지었다.

“우리 부모님이 대단한 부자가 아니라는 것보다 더 큰 고민이 있었어. 영재 스쿨에서 내 실력이 그저 그렇다는 걸 깨달았거든. 하루에 몇 시간씩 연습할 인내심도 없었고. 영재 스쿨에 천재들이 많아서 괜히 위축됐었어.”

서아는 예지를 보고 그런 생각을 했다는 말은 하지 않았다.

“와, 4학년 때 큰 결정을 했네.”

민우의 말에 서아는 고개를 끄덕였다. 서아는 케이프타운에 도착했을 때 바이올린 연습을 안 해도 되고, 열등감도 들지 않아 편하고 좋았다. 영어를 익히느라 정신없이 지내다가 크리스마스 때 교회에서 바이올린 연주를 한 뒤 마음이 흔들리기 시작했다.

“교회 집사님들이 나한테 천재라는 거야. 괜히 마음이 부풀어 올랐어. 그때부터 내가 교회에 가면 집사님들이 천재 왔어? 막 이러시고. 그러니까 내가 너무 성급하게 바이올린을 그만둔 거 아닐까, 후회되는 거야.”

급기야 서아는 케이프타운 시청에 근무하는 집사님의 추천으로 시민 오케스트라 최연소 단원이 되었다. 어른들 틈에서 바이올린을 연주하며 엄청난 인기를 누렸다. 교회에서 독주

할 기회도 많았다. 무대에 서서 연주하고 사람들의 박수를 받자, 바이올리니스트가 되고 싶은 마음이 간절해졌다.

"엄마한테 전화해서 예술중학교 보내달라고 막 졸라서 6학년 1학기 때 한국으로 왔어. 엄마도 어떻게 되든 해보자며 힘껏 밀어주셨어. 그때부터 하루에 다섯 시간씩 연습하고 대학교 강사님한테 레슨도 받고 진짜 열심히 했어. 시험 당일에 비싼 악기까지 빌려서 응시했는데, 결국 떨어졌어."

그때 생각을 하니 눈물이 핑 돌았다. 불과 몇 달 전의 일이다. 부모님께 미안한 것도 있지만, 자신이 천재가 아니라는 걸 다시금 확인한 게 쓸쓸했다. 그날부터 서아는 자신을 달랬다. 비싼 악기 안 사도 되고 레슨비 안 내도 되니 부모님께 잘된 일이고, 같은 곡을 하루에 몇 시간씩 연습하는 지루한 일을 안 해도 되니 자기한테 잘됐다고.

하지만 불합격이라는 소식에 가슴 한쪽이 무너지듯 아득했던 기억이 지워지지 않았다. 마음에 돌이 달린 듯 무겁고 아렸다. 하지만 넉넉하지 않은 형편에도 최선을 다해 밀어준 엄마를 생각해 겉으로는 명랑한 척했다. 엄마 앞에서 "시험 쳐 봤으니 미련 없다."라고 큰소리치기까지 했다.

아쉬워하는 엄마를 달래주며 씩씩한 척했지만, 서아의 마음은 늘 구름이 낀 것처럼 답답했다.

"와 케이프타운까지 갔다 오고, 대단하다."

민우는 딱히 위로할 말이 없어서 그렇게 얼버무렸다. 서아는 아픈 마음을 숨기고 명랑한 목소리로 말했다.

"케이프타운이 세계 3대 미항 중의 하나잖아. 정말 아름다운 곳이고 테이블 마운틴이 유명해. 거기서 2년 보낸 것만 해도 고맙지, 뭐. 그런데 너는 왜 또 한국에 왔어?"

"할아버지가 치매에 걸리셨어. 아빠가 할머니를 돕기 위해 본사에 한국 근무를 신청하셨어. 엄마는 나를 미국에서 공부시켜야 한다며, 둘이 남겠다고 했고. 하지만 초등학교 때 늘 나를 영재 스쿨에 데려다주시고 맛있는 것도 사주신 할아버지가 생각나서 아빠 따라왔어. 엄마는 나한테 잠깐 있다가 다시 미국으로 오라고 하셨어. 한 번 떠나면 다시 돌아오기 힘들다, 뉴욕이 좋다, 그러면서. 뉴욕에 살면 그 도시의 매력에 빠져서 자기가 살던 곳으로 돌아가기 힘들대. 세계의 문화도시라나 뭐라나. 나는 서울이 더 좋은데."

서아는 민우와 갑자기 확 친해진 것 같았다. 민우는 한국에 온 지 얼마 안 되어 아는 사람이 없는데, 서아와 친구가 된 것 같아 기뻤다. 민우가 내일 악기를 갖고 와서 한번 맞춰보자고 했고, 서아도 그렇게 하겠다고 약속했다. 서아는 오라중학교에 왔으니 여기서 친구도 사귀고 마음도 다스리기로 마음먹었다.

3. 합창 대회를 준비하라

입학식 날, 비가 주룩주룩 내리더니 이튿날은 해가 쨍쨍 났다. 서아는 바이올린을 들고 학교로 향했다. 교문에서 선녀 쌤이 등교하는 아이들에게 일일이 하이 파이브를 해주고 있었다.

"오, 바이올리니스트, 벌써 합창 대회 준비하는 거야? 기대한다."

선녀 쌤이 짝, 소리가 나게 서아와 손바닥을 마주쳤다. 서아는 오라중학교의 밝고 활기찬 분위기가 좋았다. 빨리 적응해서 마음속의 구름을 몰아내고 싶었다.

1교시에는 각 과목을 맡은 선생님들이 모니터에 등장해 자신들을 소개했다. PPT를 만들어서 발표하는 선생님도 있었고, 노래를 개사해서 자신을 홍보하는 선생님도 있었다.

해나 쌤은 도포에다 갓을 쓰고 등장해서 "나 도덕 선생이야."라고 하더니 도포와 갓을 휙 집어 던지며 "고리타분하지 않은 신세대 도덕 선생이니까 기대해."라고 말했다. 그러자 누가 "왜 저래, 사자브이즈야, 뭐야."라고 해서 키득키득 웃음이 새어 나왔다.

2교시는 반 친구들과 친해지는 시간이었다. 한 명씩 나와서 자기소개를 하고 장기자랑을 했다. 그냥 이름과 취미만 말하는 아이들도 있었지만, 소라 팝 춤을 추는 친구도 있었다. 갑자기 네 명이 더 나가서 사자보이즈가 즉석에서 결성되기도 했다.

해나 쌤이 합창 대회에 대해 설명한 뒤 예서민 앙상블이 작곡과 반주를 맡게 되었다고 소개했다. 아이들의 요청으로 서아와 민우가 앞으로 나갔다. 해나 쌤이 "교실에 피아노가 없어 예지가 참여하지 못해 아쉬워."라고 했지만, 예지는 신경 안 쓴다는 듯 고고한 표정으로 창밖만 내다봤다.

서아와 민우가 모차르트의 〈작은 별 변주곡〉 가운데 일부를 연주하자 '반짝반짝 작은 별'이라며 따라 부르는 친구도 있었다.

해나 쌤이 강단에 올라와서 "재미있지?"라고 하자 아이들이 "네!"라고 소리쳤다.

"아까 선생님들 소개 영상, 학생끼리 친해지기, 이것도 다 선녀 쌤이 교장선생님으로 취임하면서 시작된 거야. 친해진 후 공부하면 교실 분위기가 훨씬 좋아지거든."

해나 쌤은 이 외에 다양한 특별활동도 있고, 매달 명사들을 모셔서 특강도 연다고 했다. 서아는 기대가 피어올랐다. 학교 프로그램을 따라가다 보면 마음이 많이 회복될 것 같아서였다.

해나 쌤은 학생들이 학교가 너무 재미있어서 남을 괴롭히거나 따돌릴 생각이 나지 않도록 하려는 게 선녀 쌤의 전략이라고 했다. 서아는 좌절한 아이들의 마음이 회복되는 기회도 마련되면 좋겠다고 생각했다.

해나 쌤은 조회 시간마다 새로운 뉴스를 들려주면서 3월 말까지는 합창 대회 창작곡이 완성되어야 한다고 은근히 압력을 가했다.

합창곡은 반 친구 누구나 추천한 뒤 가장 반응 좋은 곡을 정하기로 했다. 몇몇 곡이 거론되는 가운데 볼빨간사춘기의 〈나의 사춘기에게〉가 열렬한 환영을 받았다. 가사가 '우리의 마음을 대변한다'는 의견이 대다수였다.

예서민이 모였을 때 서아는 이 곡의 가사가 마음에 든다고 말했다. 민우는 "볼빨간사춘기가 가수 이름이야? 특이하다."라며 고개를 갸우뚱거렸다. 서아가 작곡가 중 '이단 옆차기'도 있고 '알고 보니 혼수상태'도 있다고 하자 민우는 더 이해가 안 된다는 표정을 지었다. 예지는 "유행가나 연주하려고 내가 피아노 배운 줄 아나."라며 툴툴거렸다.

유튜브를 보고 〈나의 사춘기에게〉를 익히며 가사를 외운 뒤 2주 뒤부터 연습하기로 했다. 문제는 창작곡이었다. K팝 스타

일의 창작곡은 노래뿐만 아니라 춤도 춰야 하니, 곡을 빨리 만들어야 했다. 자기소개할 때 소라 팝 춤을 춘 태주가 안무를 맡기로 했는데, 예서민을 만날 때마다 "언제 곡이 나오냐?"라며 재촉했다. 장차 아이돌이 꿈이라는 태주는 함께 춤을 춘 네 명과 '오라보이즈'를 결성했다며 안무는 걱정하지 말라고 큰소리쳤다.

종례 시간에 해나 쌤은 흡족한 미소를 지으며 말했다.

"뭔가 착착 진행되는 것 같아. 그동안 맡았던 반 친구들보다 이번 1학년 1반이 굉장히 의욕적이어서 좋아. 자, 이번 주 반장은 누구지? 인사하자."

그러자 가나다순으로 해서 가장 먼저 반장을 맡은 강해운이 손을 들었다. 매주 돌아가면서 반장을 맡는 건 해나 쌤의 아이디어라고 했다. 일주일씩 반장을 맡아 리더십도 기르고, 반 친구 모두와 교류하라는 의미라며. 서아는 교실이 빙빙 돌아가는 회전판처럼 느껴졌다. 얼마 안 가서 반 친구 모두와 친해질 수 있을 것 같았다. 서아는 자신이 부디 마음 저 아래 가라앉아 있는 무거운 돌을 꺼내고 예전처럼 밝아지길 기대했다.

민우가 서아와 예지에게 매일 모여 합창 대회를 준비하자고 했다.

"매일 모일 거 뭐 있어. 연습 날 잠깐 맞춰보면 되지."

민우는 쌀쌀맞게 말하는 예지를 웃으며 바라봤다.

"창작곡 작곡도 해야 하고, 〈나의 사춘기에게〉 파트를 어떻게 배분할지 의논해야지. 악기가 돋보이는 공간들을 지정해서 독주를 선보이면 어떨까 하는 생각도 했거든. 작곡도 하고 편곡도 잘하자는 뜻이야."

"좋아, 연주하면서 찾아보면 되겠다."

서아의 말에 예지가 코웃음을 쳤다.

"그렇게까지 할 거 있어? 아마추어같이 왜 그래."

그러자 민우가 양팔을 벌리며 어이없다는 표정으로 말했다.

"그럼 우리가 아마추어지 프로패셔널이야? Why are you so unhappy?"

민우의 말에 예지가 당황하더니, 정색했다.

"나는 좀 더 수준 높은 노래가 결정되길 바랐어. 클래식 곡으로 말이야. 실망했어. 나 사실 영재 스쿨 출신에다 피아노 경연 대회에서 대상까지 받았어. 그런데 이걸 꼭 해야 하나, 지금 고민하고 있어."

예지가 자기 입으로 영재 스쿨 얘기를 꺼내자 서아가 자연스럽게 합류했다. 함께 마음을 나누면서 아픔이 줄어들길 기대하며.

"너 3학년 때 대상 받은 거 알아. 나도 그때 영재 스쿨 다녔거든. 민우도 3학년 때 다녔고. 그러고 보니 우리 셋 다 무지개 예술회관 영재 스쿨 출신이네."

서아의 말에 민우가 "와, 예지까지? 영재들이 모였으니 1등은 당연히 우리 거네."라고 했다. 그 순간 예지의 얼굴이 하얗게 질리더니 갑자기 안절부절못했다.

"우리 둘은 너처럼 상은 못 받았고, 민우도 나도 4학년 초에 영재 스쿨을 그만뒀어."

서아의 말에 예지는 그제야 가슴에 손을 대고 숨을 길게 내쉬었다.

"너 3학년 때 대상 받아서 다들 천재라며 부러워했잖아. 근데 왜 예술중학교 안 가고 오라중학교에 왔어? 입학식 날, 너보고 놀랐어."

서아는 자신이 예술중학교에 응시한 얘기는 차마 꺼내지 못했다. 예지와 맞먹을 수준이 아니라는 마음에서였다. 그때 예지가 눈을 치뜨고 소리 질렀다.

"그게 왜 궁금해? 내가 예술중학교에 가든 오라중학교에 오든 그게 너하고 무슨 상관인데."

그렇게 말하며 덜덜 떨던 예지가 갑자기 픽 쓰러졌다. 놀란 민우가 예지를 업고 양호실로 달려갔다. 서아는 예지와 민우의 가방을 챙겨서 뒤따라갔다.

서아는 예지의 예민한 반응이 충분히 이해되었다. 천재 소리를 듣던 예지가 예술중학교 시험에 떨어졌으니 얼마나 실망했을까. 거의 2년간 쉬다가 부랴부랴 준비해서 응시한 자기도 그렇게 좌절했는데.

마음에 늘 구름이 끼어 있을 정도의 아픔은 쓰러지는 것에 비하면 약과라는 생각이 들었다. 서아는 자신도 예지도 속히 마음을 회복하면 좋겠다고 생각하며 양호실로 향했다.

4. 피아노 천재의 좌절

예지는 순식간에 눈앞이 깜깜해졌을 때 가슴이 툭 떨어졌다. 속까지 메슥거리는 예전의 증세가 고스란히 재현되었기 때문이다. '지금은 대회가 아니야.'라고 자신을 타이르자 가까스로 진정되었다. 하지만 서아에게 어떻게 대꾸해야 할지 몰라 내처 쓰러져 있었다. 민우가 업고 달려와 양호실에 눕혀주고 이불을 덮어줄 때까지 예지는 계속 기절한 척했다.

살짝 눈을 뜨니 민우가 수건에 물을 적시고 있었다. 눈을 감고 잠든 척하자, 민우가 수건을 이마에 얹어주었다. 예지는 처음 느껴 보는 따스함에 마음이 녹는 것 같았다. 엄마는 아빠와 이혼한 뒤 "너만 믿고 산다."라며 마치 조련사처럼 예지를 몰아붙였다.

자신을 위해 정성을 아끼지 않는 엄마를 사랑하지만, 언젠가부터 계획표에 따라 기계처럼 움직이는 일에 진력났다. 그런 노력에도 불구하고 좋은 결과를 얻지 못해 괴롭고 슬펐다.

시끌벅적한 오라중학교에서 함박웃음을 터트리는 아이들

속에서도 예지는 마치 무인도에 온 것처럼 외로웠다. 당장이라도 예술중학교로 달려가고 싶은데 서아가 콕 집어 왜 오라중학교에 왔냐고 했을 대 망치로 머리를 맞은 듯했다. 그나마 민우의 따뜻함이 마음이 조금 안정되었다.

민우와 떡볶이집에 함께 가 고마움을 표해야겠다고 생각할 때, 서아가 양호실로 들어왔다. 예지는 인상을 찡그리며 눈을 감았다.

"예지 괜찮아? 양호 쌤은?"

"어디 가셨나 봐."

"예지 엄마한터 연락해야 하는 거 아냐?"

서아의 말에 예지가 마치 이제 깨어났다는 듯 "음." 소리를 내며 몸을 일으켰다.

"괜찮아?"

민우의 물음에 예지는 괜히 어지러운 척하며 머리를 짚었다. 그러자 민우가 붙잡아 주었고, 예지는 민우에게 기대어 침대에서 내려왔다. 서아는 그 모습을 보며 부디 예지도 자신도 마음을 추스르고 오라중학교에 적응하게 되길 빌었다.

예지는 집에 도착하자마자 엄마에게 잔소리를 들었다.

"와 끝나고 바로 오지 않는 거니? 내일 피아노 선생님 오시는데. 빨리 올라가서 연습해. 밥 먹을 때 부를 테니까."

2층으로 올라가는 예지의 발걸음이 무거웠다. 엄마는 예지가 예술중학교에 떨어진 다음 날부터 예술고등학교에 가야 한다고 재촉했다. 하지만 예지는 또 떨어질까 봐 벌써 걱정되었다. 왜 4학년 때 그런 일이 있었는지, 그 이후 왜 트라우마가 계속되는지 이해할 수 없어서 마음이 무겁기만 했다.

초등학교 3학년 때 콩쿠르에 나가 초등부 전체 대상을 받으면서 영재 스쿨에 천재라는 소문이 파다하게 퍼졌다. 엄마는 "앞으로 우리 예지가 무지개 예술회관과 미국 카네기홀에서 연주할 걸 생각하면 벌써 기분 좋아."라며 웃었다.

엄마는 대상을 받은 그날, 흥분한 목소리로 말했다.

"콩쿠르에서 대상을 받으면 예술중학교 입학 때 가산점을 받을 수 있는데 아쉽게도 4학년 콩쿠르부터 적용된대. 4학년부터는 본격 경쟁이니까 정신 바짝 차려야 해. 예지는 엄마의 희망이야. 오늘의 기세를 몰아서 예술중학교 입학할 때까지 잘해보자."

대상을 받은 날 밤에도 예지는 쉬지 못하고 피아노를 연습했다.

"우리 예지는 천재야. 피아노 천재."

엄마는 그렇게 말하면서 밤늦게까지 연습을 시켰다.

엄마는 그날 여기저기 전화해서 "우리 예지가 1등 했잖아. 3학년 1등뿐만 아니라 전체 1등, 호호. 다들 예지가 천재라고 하네. 나는 잘 모르겠는데 말이야. 호호."라며 좋아했다. 엄마의 웃음소리가 높아질수록 예지의 마음은 점점 가라앉았다.

4학년 때, 콩쿠르를 앞두고 엄마가 더 긴장해서 발을 동동 굴렀다.

"선생님, 우리 예지 1등 하겠죠? 최고 실력이죠?"

엄마는 초조해하면서 영재 스쿨 선생님과 집으로 오는 레슨 선생님에게 몇 번이고 확인했다. 선생님들도 "예지 정도면 1등은 문제없죠."라고 장담했다.

대회 당일, 출전 순서를 기다리는 예지의 가슴이 두근두근했다. "1등 해야 해, 1등 해야 해." 엄마가 귀에 대고 계속 이야기하는 것 같았다. 귀를 막아도 계속 '1등, 1등'이라는 말이 들려 어지러우면서 구토가 나오려고 했다. 화장실로 급하게 달려가서 마구 토했다. 먹은 것도 별로 없는데 노란 물이 올라올 정도로 토하고 또 토했다.

겨우 정신 차리고 대기실로 돌아왔을 때 숨이 가빠 오면서 몸이 마구 떨렸다. 바로 앞 순서 학생이 연주를 마칠 때쯤 일어서는데 어지러워서 몸이 휘청했다. "4학년 임예지!"라는 소리에 가까스로 일어섰고, 무대로 나간 것 같은데 그 뒤는 생각이 나지 않았다. 무대에 채 오르지도 못하고 쓰러진 것이다. 결국 연주를 못 했고, 당연히 탈락이었다.

"이게 무슨 창피야. 내가 쪽팔려서 진짜……. 정신력이 그렇게 약해빠져서 뭘 하겠다는 거야. 너 엄마 몰래 뭐 먹었어? 대회 앞두고 몸 관리, 정신 관리를 잘해야 하는데."

엄마는 밤새 취조하듯 물었지만, 예지는 그날 아침을 먹고,

대회장에서 엄마가 준 과일주스를 먹은 게 전부였다.

몇 달 후, 다른 대회에 나갔을 때도 똑같은 증상이 나타났다. 순서를 기다리는데 또 속이 메슥거려 화장실로 달려갔다가 결국 대회를 망치고 말았다. 엄마는 예지를 데리고 정신과 병원을 찾았다.

"긴장성 스트레스입니다. 심한 스트레스로 두통, 구토, 어지러움이 나타날 수 있어요. 대회 직전에 숨이 안 쉬어졌다고 하니 공황장애 증세도 있는 것 같고. 이런 증상이 되풀이되면 우울증이 심해져 일상생활이 힘들 수 있어요. 당분간 대회에 내보내지 마세요. 트라우마 때문에 또 쓰러질 수 있어요. 충분히 쉬면서 마음을 다스려야 다시 무대에 설 수 있어요. 안 그러면 영영 무대에 못 섭니다."

의사 선생님의 말씀에 엄마는 한숨만 쉬었다. 집으로 돌아와서 엄마는 지금까지 공들인 게 얼만데, 라며 한탄했다. 의사가 쉬라고 했지만, 예지는 쉬고 싶지 않았다. 다섯 살 때부터 피아노를 친 자신에게서 피아노를 빼면 남는 게 없다는 생각에서였다. 또 자기만 바라보며 정성을 다하는 엄마를 기쁘게 하고 싶었다. 하지만 대회만 생각하면 불안이 밀려오면서 가슴이 불규칙하게 뛰었다.

3학년 때 대상을 받고 천재 소리를 듣던 예지가 4학년 때

연이어 실패하자 엄마가 먼저 영재 스쿨에 가지 말라고 했다. 학부모들 입에 오르내리는 게 싫어서였다. 대신 집에서 연습하고 일주일에 두 번 방문하는 강사에게 레슨을 받았다.

강사는 "피아노 실력은 나무랄 데 없다."라며 예술중학교에 충분히 합격할 거라고 말했다. 6학년 때 예지는 강사가 소개한 큰 선생님에게 레슨을 받으며 영재 스쿨에 다닐 때보다 더 열심히 연습했다. 꼭 합격해서 엄마를 기쁘게 해주고 자신도 다시 대회에 나가 상을 받고 싶었다.

엄마 목표인지 자기 목표인지 불확실했지만 어쨌든 예전으로 돌아가는 게 소원이었다. 하지만 무대 생각만 하면 가슴이 두근거리면서 마음이 불안했다.

결국 예술중학교 입학시험 당일, 예전의 증상이 고스란히 나타나면서 시험을 치르지 못해 오라중학교로 온 것이다.

예지는 아무리 열심히 해도 예술고등학교에 못 들어갈 것 같아 숨이 가빠 왔다. 어떻게 해야 할지 도무지 알 수 없었다. 소리를 지르며 울고 싶어도 엄마가 지켜보고 있으니 무조건 참아야 했다.

학교에서 서아가 영재 스쿨에서 봤다고 했을 때 예지의 가슴이 쿵 떨어졌다. 대회 때 쓰러졌던 게 영재 스쿨에 다 소문이 났을 것 같아서였다. 서아와 민우가 4학년 초에 영재 스쿨을 그만두었다는 말에 겨우 가슴을 쓸어내렸다.

예지는 자기가 교내 합창 대회 반주나 제대로 할 수 있을

지, 걱정이 앞섰다. 3학년 이후 남들 앞에서 연주한 적이 없는데다 생각만 해도 마음이 불안해지는 무대 공포증이 생겨버렸기 때문이다. 아무도 안 보는 방 안에서는 괜찮은데, 사람들이 바라보는 곳에서 피아노를 치는 건 두렵기만 했다. 민우와 서아 앞에서 괜히 센 척했지만, 자신 없는 마음을 들킬까 봐 조마조마했다. 예지는 한숨을 내쉬다가 주르르 눈물을 흘렸다.

5. 선녀 쌤 귀신설

서아는 '사랑의 띠 언니 제도'가 있다는 사실에 잔뜩 기대했다.

오라중학교는 1, 2, 3학년 모두 5반까지 있는데 같은 반끼리 사랑의 띠 형제, 사랑의 띠 자매를 맺는다고 했다. 1학년 1반은 2학년 1반, 3학년 1반에서 형, 언니를 찾는다니, 서아의 가슴이 마구 뛰었다. 요즘 한 자녀밖에 없는 가정이 많아 학교에서 언니와 형을 만들라는 배려였다. 외동이어서 늘 외로웠던 서아는 빨리 띠 언니를 만나고 싶었다.

선녀 쌤이 느닷없이 화면에 등장해 익살맞은 표정으로 주의를 주었다.

"오빠와 누나는 대학교에 가서 만나고, 너희들은 중학생이니 언니와 형만 만들도록!"

그러자 모두 엄지손가락을 아래로 향한 뒤 "우우우."라고 소리 질렀다.

"언니나 형의 임무는 동생이 혹시 학교에서 괴롭힘을 당하

는지 살펴보는 거야. 내가 말하는 괴롭힘은 온라인까지 포함
이야. 요즘 온라인 왕따와 괴롭힘이 더 문제 되고 있는데 우
리 학교에서는 절대 금지야. 그리고 딥페이크는 범죄니까 아
예 손도 대지 말고. 그에 관한 전문가 강좌도 마련할 테니 기
대해. 자, 내가 뭐라고 했지? 미리미리 커리어 관리! 어른 되
어서 후회해 봐야 소용없어. 모든 과거가 박제되는 세상이야.
지나간 시간은 되돌릴 수 없으니 신중하도록! 이상, 오늘은
까먹은 거 없으니 이만, 뿅!"
　정말 물샐틈없는 조치였다.
　"선녀 쌤 별명이 집요, 혹은 강요일 거 같지 않냐?"
　초희의 말에 다른 아이들도 "인정, 그런 짐작 충분히 가능."
이라며 동의했다.

　두 번째 수요일에 처음으로 만난 2학년 1반의 하연 언니는
씩씩해서 좋았다. 3학년 1반의 진선 언니는 미스코리아에 나
가면 진이나 선에 당선될 만큼 키가 크고 얼굴이 예뻤다. 수
요일을 '서프웬즈'라고 부른다는 것도 그날 알았다. 나른해지
기 쉬운 수요일에 연다는 '서프라이즈 웬즈데이'를 줄여서.
서아는 첫 서프웬즈 때 만난 띠 언니들에게 질문을 퍼부었다.
　"선녀의 전설이 있다고 하던데, 언니들, 선녀 쌤이 활약하시
는 거 실제로 봤어?"
　하연 언니가 고개를 가로저었다.

“우리가 입학하기 전에 워낙 강한 활약을 펼치셔서 다 평정 됐대. 우리도 전설을 듣기만 했어.”

진선 언니는 선녀 쌤이 1학년을 때리고, 돈 뺏은 2학년 남학생 셋을 매일 교장실에 불러서 독후감 쓰기, 부모님에게 편지 쓰기, 시 쓰기를 시켰다고 했다.

“셋이 교장실에서 벌받는 걸 보고 애들이 다 정신 차렸다잖아. 무슨 책을 읽은 줄 알아? 도스토옙스키의 《죄와 벌》, 축약본 말고 두꺼운 거 말이야. 그리고 다음에 잘못하면 《카라마조프가의 형제들》 1, 2, 3권을 읽어야 한다는 말에 애들이 덜덜 떨었대.”

그래도 말 안 듣는 애들은 선녀 쌤이 직접 출동했다고 한다. 검은색 옷을 아래위로 입고, 검정 스카프에 검은색 선글라스를 끼고 골목에 숨어 있다가 슥, 나타나는 바람에 현우가 놀라서 기절했다나. 일진 중에서도 짱인 현우가 기절했다는 소식에 애들이 벌벌 떨었다며, 진선 언니가 깔깔 웃었다. 하긴 선녀 쌤 키가 170센티미터가 넘는 데다 덩치가 커서 시커멓게 하고 나타나면 기절하고도 남을 것 같았다.

“선녀 쌤 무기가 뭔지 알아? 끝까지 간다는 거야. 한 번 벌받고도 계속 남을 괴롭히는 아이는 선녀 쌤이 직접 나서서 신출귀몰한 방법으로 괴롭힘을 시작하는 거지. 어떤 애는 밤에 무심코 밖을 보다가 기절했대. 선녀 쌤이 창문에 붙어 있었다는 거야. 조커처럼 입술을 뻘겋게 칠하고서.”

이른바 간이 뚝 떨어지는 '간뚝떨' 작전이라고 했다.

"근데 그 집이 3층이었다는 거야. 그래서 '선녀 쌤 귀신설'까지 돌았대. 나중에 확인해 보니 3층이 아니라 1층이긴 했지만. 하여간 초창기 선녀 쌤의 활약이 대단했었대."

하연 언니와 진선 언니의 얘기를 듣기만 해도 서아는 가슴이 오그라드는 것 같았다. 어쨌든 2년 만에 왕따와 학폭이 사라진 오라중학교는 이벤트 중학교라는 별명이 붙을 만큼 즐거운 일이 잔뜩 벌어진다고 했다.

가장 기분 좋은 일은 오라중학교 학생 중에 학원 다니는 아이가 없다는 점이었다.

"수업 마치고 이것저것 하느라 학원에 늦는다며, 학부모들이 난리를 쳤대. 그러자 선녀 쌤이 '원하는 분들은 자율적으로 학원에 보내세요.'라고 싸늘하게 말했대. 그런데 이상한 건 학원 다니는 애들보다 안 다니는 애들이 더 공부를 잘한다는 거야. 선녀 쌤이 공교육을 살려야 한다며 선생님들한테 학원보다 더 잘 가르치라고 엄명을 내린 거야. 그래도 1학년 학부모들은 못 미더워서 학원에 보내다가 몇 달 뒤에 슬그머니 학원을 끊는 거지."

하연 언니의 말에 서아는 고개를 끄덕였다. 선생님들이 귀에 쏙쏙 들어오게 가르친 뒤 나가면서 항상 이렇게 말했다.

"너희들 지금 공부한 거 빨리 훑어본 뒤에 화장실에 가든 놀든 해. 중학생 뇌는 용광로야. 집어넣으면 다 녹아서 고스란히 스며들어. 복습 한 번이면 바로 뇌에 꽂혀."

아이들은 수업이 끝나면 배운 걸 빠르게 한 번 훑어봤다. 다음 수업에 들어온 선생님은 앞 수업에서 가르친 걸 요약해 복습해 주었는데 그러면 거의 다 생각났다. 그렇게 세 번의 과정을 거치니 학원에 다니지 않아도 다 이해가 됐다.

"학교에서 대여섯 시간 동안 공부하느라 피곤해진 뇌는 학원에 가봤자 더 이상 작동하지 않는대. 뇌를 활성화할 수 있도록 다른 자극을 줘야 하는데 계속 공부만 하면 뇌가 파업해 버린다잖아."

서아는 하연 언니의 말을 엄마한테 그대로 전하려고 열심히 들었다.

"선녀 쌤은 공부도 철저, 이벤트도 철저가 모토야. 그리고 이건 특급 비밀인데 개교 기념일에 1박 2일 캠프를 할 거야. 4월이니까 얼마 안 남았어. 수업 마치고 다음 날 아침까지 학교에서 합숙하는 건데, 기대해. 프로그램 내용은 비밀이야."

진선 언니의 말에 서아의 가슴이 두근두근했다. 입학식 날, 지구를 떠나 다른 별로 가고 싶었던 서아는 오라중학교가 점점 마음에 들기 시작했다.

중학교에 입학해 두 번의 수요일이 그냥 지나갔는데 세 번째 수요일은 왠지 서프웬즈가 될 것 같았다. 아니나 다를까, 해나 쌤이 조회하러 와서 바로 모니터를 켰다.

“큼큼.”

선녀 쌤이 또 헛기침했다.

“안늉! 나는 우리 오라중학교 학생들은 다 천재라고 생각해요. 하나님이 세상에 태어나는 아기들에게 재능을 한 가지씩 선물로 주셨답니다. 저절로 잘하는 거, 그게 여러분이 받은 선물입니다. 그 재능을 찾아서 잘 닦으면 천재가 되는 거죠. 자, 오늘 수업 마치고 강당에서 ‘천재 이야기 특강’이 있어요. 천재 연구가 조우현 박사님이 오십니다. 조 박사님은 나의 대학 동창이에요. 사실 내가 조 박사님을 좋아했어요. 이따 보면 알겠지만, 굉장한 미남이에요. 근데 조 박사가 이 아리따운 선녀를 두고 다른 여자랑 결혼했어요. 결혼식 때 가보니 예쁘고 호리호리하고, 흥! 선녀같이 생겼더라고. 내가 진짜 선녀인데 말이야. 하하하. 여러분이 첫사랑 이야기 좋아한다고 해서 선녀 쌤도 대방출해 봤어요. 자, 오늘의 특강 기대하시고, 이따가 강당에서 만나요. 뿅!”

아이들이 “조우현 박사님 너무하네.”, “얼마나 잘생겼나 보자.”라며 히히, 웃었다. 서아는 천재 이야기라는 말에 마음이 울적해졌다. 케이프타운에서 천재 소리를 들을 때 기분 좋았던 일과 예술중학교 시험에 떨어져서 좌절했던 일이 차례로 떠올랐기 때문이다.

서아는 하늘로부터 무슨 선물을 받았을까, 내가 잘하는 게 뭘까, 골똘히 생각해 봤지만 딱히 짚이는 게 없었다.

　예지는 천재 이야기라는 말에 갑자기 기분이 나빠졌다. 할
수만 있다면 천재 소리를 들었던 초등학교 3학년으로 돌아가
고 싶었다. 3학년 때 파란 하늘이었던 마음이 4학년부터 깜깜
한 골방에 갇힌 것 같다는 생각에 우울해졌다.

6. 천재 연구가 조 박사님

강당에 모인 아이들이 재잘거리며, 조우현 박사님을 기다렸다.

"얼마나 잘생겼나 보자."

"우리 선녀 쌤을 차다니, 정말 궁금하네."

"선녀 쌤 차기 힘들어. 뚱뚱하시잖아."

아이들이 킬킬 웃으며 얘기를 나누고 있을 때 선녀 쌤과 함께 조우현 박사님이 등장했다. 아이들이 일제히 손뼉 치며 소리를 질렀다. 박사님의 큰 키와 아이돌 센터처럼 잘생긴 외모 때문이었다.

"역시, 우리 선녀 쌤이 오르기 힘든 나무야."

"외모가 다냐, 사람 마음을 봐야지."

"그래도 조 박사님이 너무 잘생겼어."

서아는 친구들의 말에 고개를 끄덕였다. 선녀 쌤이 마이크를 잡았다.

"큼큼, 내 친구 잘생겼죠? 이 선녀를 지키는 나무꾼 하기는 아깝죠?"

아이들이 발을 구르며 웃었다.

'잘생긴 데다 똑똑하지, 말도 잘해요. 오늘 멋진 강연을 해 줄 겁니다. 천재 연구가 조우현 박사님을 소개합니다."

선녀 쌤이 넘긴 마이크를 받아 든 조우현 박사님이 활짝 웃었다.

"여러분, 반가워요. 나무꾼이 될 뻔한 조우현입니다."

아이들이 또 발을 구르며 웃었다.

"나는 주로 기업 강연을 다녀요. 중학교는 처음인데 사실 중학생들을 만나고 싶었어요. 여러분들은 다 천재가 될 수 있고, 천재가 많아지면 우리나라가 부강해질 테니까요."

그렇게 말문을 연 조우현 박사님은 본격적으로 강연을 시작했다.

"여러분은 어떤 사람을 천재라고 생각하나요? 사전에서는 천재를 '선천적으로 남보다 훨씬 뛰어난 재능을 지닌 사람'이라고 설명합니다. 나는 '타고난 재능으로 공동체와 국가, 나아가 인류 사회를 이롭게 만든 사람'을 천재라고 생각합니다. 재능이 아무리 많아도 제대로 발휘하지 않으면 아무 소용 없어요. '재능으로 인류 사회를 윤택하게 만드는 데 이바지한 사람'이야말로 진정한 천재죠."

서가는 갑자기 눈이 밝아지는 기분이었다. 예지처럼 피아노를 잘 쳐서 대상 받은 사람을 천재라고 생각했는데, 조우현 박사님은 좀 다르게 말했다. 인류 사회를 이롭게 만든 사람, 인류 사회를 윤택하게 만드는 데 이바지한 사람, 이라는 말이 머리에 박혔다.

"머리만 좋다고, 재능만 있다고 천재가 아닙니다. 성실한 사람이 천재입니다. 재능은 있는데 시간을 허비하고 빈둥거리는 사람과 10년 동안 꾸준히 노력한 사람, 과연 결과가 어떨까요. 여러분, 성실해야 합니다. 무엇보다도 호기심을 갖고 새로운 관점으로 세상을 보세요. 내가 잘하는 게 뭔지, 내가 하고 싶은 게 뭔지 찾아서 열심히 달리세요. 나는 여러분이 천재가 되어서 우리나라를 발전시키는 인물이 되길 기대합니다."

아이들이 손뼉을 치며 함성을 질렀다. 서아도 열심히 손뼉 치면서 뛰어난 재능 못지않게 성실이 중요하다는 말을 기억했다. 선녀 쌤이 마이크를 잡았다.

"조우현 박사님 강연, 정말 감동이죠? 근데 더 감동적인 일이 있어요. 조 박사님이 우리나라 청소년들이 천재가 되길 바라는 마음에서 기업의 후원을 받아 '천재가 사랑한 나라, 오스트리아 빈 탐방'을 기획했어요. 빈은 천재들의 도시로 유명해요. 비용의 80%는 기업에서 후원하고 학생들은 20%만 부담하면 됩니다. 자세한 사항은 담임선생님이 전해줄 거예요. 자, 조우현 박사님께 다시 한번 힘찬 박수를 보내주세요."

서아는 '천재들의 도시'라는 말을 듣는 순간 가슴이 마구 쿵

쿵거렸다. 무조건 가고 싶었다. 빈에 다녀오면 마음에 가라앉아 있는 무거운 돌이 빠져나갈 것만 같았다. 하지만 예술중학교 시험 준비에 많은 돈을 쓴 부모님에게 말할 자신이 없었다.

해나 쌤은 바로 다음 주에 4박 5일 탐방을 하게 된다며, 휴일인 금요일에 떠나 화요일에 돌아온다고 했다. 월요일과 화요일 이틀간은 현장 체험학습으로 인정해 준다면서.

예서민 앙상블이 모였을 때 서아와 민우가 오스트리아에 가고 싶다고 하자 얼굴빛이 어두운 예지는 아무 말도 하지 않았다.

빈 탐방을 가고 싶은 마음은 가득하지만, 말을 꺼내기가 쉽지 않았다. 서아는 엄마 눈치를 보며 주변을 맴돌기만 했다.

"너, 아까부터 괜히 거실을 빙빙 돌면서 초조해하는데, 하고 싶은 말 있어? 아니면 뭐 사고 싶은 거 있어? 말해봐."

"아냐, 아무것도."

"엄마가 딸을 모르겠니? 일단 들어봐야 예스든 노든 할 거 아니야."

엄마의 채근에 서아가 어렵게 빈 여행 이야기를 꺼냈다. 그러자 엄마가 활짝 웃으며 말했다.

"엄마가 제일 가고 싶은 곳이 빈인데, 우와, 잘됐네. 딸이라도 가게 됐으니. 여행비를 20%만 내면 된다며. 당장 가야지.

서아야, 아빠랑 엄마가 그 정도 밀어줄 능력은 되니 걱정하지 마. 비싼 바이올린 못 사는 거, 비싼 레슨 못 받는 거, 그런 거 고민하다가 네가 남아공 간다고 할 때 엄마가 얼마나 마음 아팠는데. 엄마가 다시 직장에 들어갔으니, 앞으로 서아가 하고 싶은 거 최선을 다해 밀어줄게. 무슨 일이든 일단 털어놔. 알았지?"

서아는 고마운 마음에 엄마를 꼭 끌어안았다. 엄마는 케이프타운에서 돌아올 때 혼자 비행기를 두 번이나 갈아타고 씩씩하게 귀국했던 서아니까, 단체 여행쯤은 문제없을 거라고 했다.

"엄마는 서아가 되도록 많은 걸 보고, 많은 걸 경험하면서 장차 어떤 일을 하면 좋을지 생각해 보면 좋겠어. 예술중학교에 떨어진 뒤 마음이 편치 않았을 텐데, 이번에 가서 마음에 남은 거 훌훌 털고 와. 네가 애써 명랑한 척하지만 허전해하는 거 다 알아. 서아야, 예술중학교 떨어졌다고 인생 끝난 거 아니야."

서아가 예술중학교에 떨어진 뒤 누군가가 그 문제를 입에 올린 건 처음이었다.

"엄마가 한번 얘기하고 싶었지만 괜히 말 꺼내면 서아가 더 마음 아플까 봐 가만히 있었어. 서아야, 네 앞에는 많은 길이 있어. 이것저것 경험하면서 할 일을 생각해 보자. 이번에 모든 걱정 다 털어버리고 빈에 가서 신나게 즐기고 와."

엄마도 자신의 마음을 눈치채고 있었다는 사실에 서아는 고마우면서도 슬펐다. 서아는 앞으로 엄마에게 기쁨을 안기도록 노력해야겠다고 마음먹었다.

민우도 바로 허락받았다.

"우리 아들이 학교 다녀와서 할아버지 보살펴드리는 거 정말 고마워. 하루 몇 시간씩 아르바이트한 비용으로 여행 간다고 생각해. 네가 벌어서 가는 거야."

아빠가 이렇게 이야기해줄 때 민우는 신이 났다. 앞으로 더 열심히 할머니와 아빠를 도와야겠다고 마음먹었다.

예지는 예상대로 허락받지 못했다.

"안 돼. 너 혼자 해외여행은 무리야. 해외에 가서 갑자기 토하고 쓰러지면 어쩔 건데."

엄마 말이 맞으니 대꾸할 수도 없었다. 불과 얼마 전에도 쓰러졌으니까.

"그리고 5일 동안이나 피아노를 쉬면 손이 굳어서 안 돼. 지금 예술중학교 애들이 얼마나 열심히 연습하겠니. 그걸 생각해야지."

여지는 알았다며, 고개를 끄덕였다.

사실 예지는 예술중학교 입시 준비가 누구를 위한 것인지 알 수 없었다. 자신을 위한 것은 아니라는 생각이 들었다. 그렇다면 단지 엄마를 위해서인가? 꼭 그것도 아니었다.

그렇다면 나는 피아노를 정말 좋아하나? 이런 질문에 고개가 끄덕여지지 않는다는 게 문제였다. 예지는 자신을 가로막은 장벽이 너무도 원망스러웠다. 그리고 그 앞에서 대체 어떻게 해야 할지 아무런 생각도 나지 않았다.

예지는 서아와 민우가 오스트리아 빈 탐방을 한다는 말에 질투심이 마구 올라왔다. 여행을 가면 둘이 굉장히 친해질 텐데, 이 생각만으로도 화가 났다. 하지만 자기가 갈 수 없으니 어쩔 도리가 없었다.

머리가 복잡해서인지 갑자기 어지러웠다. 예지가 벽을 짚으며 "아, 어지러워."라고 하자 민우가 바로 일어나서 예지를 부축했다.

"괜찮아? 양호실에 갈까?"

"아니, 집에 가려고. 그런데 좀 어지러워서."

"그럼 내가 집까지 데려다줄게."

민우는 예지의 백팩을 메고 손을 잡아 일으켜 세웠다. 서아는 예지의 입꼬리가 살짝 올라가는 걸 보고 꾀병이라는 걸 눈치챘다. 예지를 부축해서 함께 가는 민우의 뒷모습을 보는데 씁쓸한 마음이 들었다.

서아는 검색을 통해 모차르트와 베토벤이 오스트리아 빈에 살았다는 걸 알고 가슴이 두근거렸다. 최고의 작곡가들이 살았던 도시를 방문하면 멋진 곡을 만들 수 있을 것 같았다. 모

차르트가 바이올리니스트이자 궁정 음악가라는 점에서 서아
는 괜히 친근감이 느껴졌다.

비록 예술중학교는 못 갔지만 취미로 바이올린을 계속해서
모차르트와 동질감을 느끼고 싶은 마음이 커졌다.

컴퓨터를 보면서 수첩에, 모차르트에 대해 열심히 적고 있
을 때 엄마가 다가왔다.

"와, 우리 서아가 모차르트에게 푹 빠졌네. 엄마도 모차르
트 좋아해. 아빠와 데이트할 때 고전음악 다방에서 늘 클래
식 음악을 들었어. 너를 가졌을 때도 모차르트 음악을 많이
들었고. 요즘 아빠도 엄마도 회사 일이 바빠서 통 음악 들을
시간이 없네. 아빠랑 엄마가 가장 좋아했던 곡이 뭔지 알아?
모차르트 교향곡 40번, 한마디로 천재의 향기가 물씬 나는 곡
이지."

서아는 바로 유튜브에서 모차르트 교향곡 40번을 찾아서
클릭했다.

"엄마, 이 음악이 낯설지 않아. 많이 들어본 것 같아."

"그럴 거야. 엄마 뱃속에서 많이 들었거든. 네가 태어나서
어린이집 가기 전까지만 해도 자주 들었고. 그런데 엄마가 출
근하면서 음악 들을 여유가 없어졌지. 이 음악이 광고의 배경
음악으로도 자주 나왔으니 너도 모르게 많이 들었을 거야."

서아는 눈을 감고 교향곡 40번을 듣는데 마치 천상으로 날
아오르는 기분이었다. 황홀한 마음이 들 정도로 아름다운 선

율이었다.

"와, 모차르트는 정말 천재야. 나 이 음악 계속 들을 거야. 엄마, 여행 보내줘서 진짜 고마워. 이번에 오스트리아에 가서 모차르트와 교신할 거야. 합창 대회 창작곡을 만들어야 하거든. 위대한 작곡가의 기를 받고 올 거야."

"그래서 계속 듣는 거야? 엄마는 찬성. 이 음악 들으니 옛날 생각나고 좋아."

그날, 서아는 교향곡 40번을 계속 듣다가 잠들었다.

2장

7. 천재의 도시, 빈 여행

스무 명의 학생이 선녀 쌤과 함께 오스트리아로 향했다. 1학년 1반에서는 민우와 서아만 신청해서 둘은 이동할 때마다 짝이 되었다. 비행기에서도 옆자리에 앉고, 여행지에서 줄 맞춰 걸을 때도 함께였다. 민우는 먼저 문을 열어주고, 서아를 안쪽으로 걷게 했다. 신사 예절이 몸에 밴 것 같았다. 서아는 그런 배려를 받아 몹시 기분이 좋았다.

호텔에서 서아는 하연 언니와 같은 방을 쓰게 되었다. 서아는 입학한 지 한 달밖에 안 되었는데 선녀 쌤의 이벤트 덕분에 일행이 낯설지 않다는 게 신기했다.

빈에 도착해 선녀 쌤이 이 도시를 찾은 이유를 설명할 때 서아의 가슴이 마구 뛰었다.

"빈을 천재들의 도시라고 불러요. 18세기 후반부터 20세기 초기까지 150여 년간 빈에 살면서 인류를 위해 공헌한 천재들이 많아요. 여러분이 잘 아는 음악가 하이든, 모차르트, 베토벤, 슈베르트, 브람스를 비롯해 화가 구스타프 클림트와 에

곤 실레, 철학자 비트겐슈타인, 정신분석학자 프로이트, 문학가 슈테판 츠바이크, 건축가 요제프 호프만 등등 셀 수 없을 정도예요."

서아가 대부분 이름을 들어본 적 있는 인물들이었다. 아마도 배려심 깊은 선녀 쌤이 중학생들에게 익숙한 인물들만 거론했을 거라는 생각이 들었다.

"천재들의 흔적을 다 살필 수는 없고, 사흘 동안 모차르트와 베토벤, 클림트와 관련된 유적을 보고 빈의 멋진 곳들을 돌아보기로 해요. 4박 5일이라고는 하지만 오고 가는 날 비행기에서 자기 때문에 실제로는 3박 5일이고 빈에서 지내는 시간은 사흘입니다. 알차게 보냅시다."

서아는 선녀 쌤이 말한 천재 중에 단연 모차르트에게 관심이 갔다. 민우는 베토벤이 좋다고 했고, 하연 언니는 화가들을 열심히 살펴볼 거라며, 들떴다.

"우리 엄마가 서양화가인데 특히 클림트를 좋아하셔. 가는 데마다 사진 찍어 엄마한테 보내야지."

하연 언니의 말에 서아도 사진을 잘 찍어서 부모님과 예지에게 보내기로 마음먹었다. 가는 곳마다 민우와 찍은 사진을 보내면 예지도 함께 여행하는 기분을 느낄 것 같았다. 서아가 사진을 찍자고 하면 민우는 매우 좋아하며 멋진 포즈를 취했다. 하연 언니가 놀리듯 말했다.

"아주 잘 어울리는데. 민우는 키가 훌쩍 크고, 서아는 적당히 아담하고. '설레는 키 차이'야. 민우는 멋지고, 서아는 귀엽고, 잘 어울리는 한 쌍이네."

하연 언니의 말에 민우가 "고마워 누나."라며 하이 파이브를 했다. 어디 한 군데 맺힌 구석 없이 밝은 민우에게 서아는 점점 스며드는 기분이 들었다.

서아는 첫날 구스타프 클림트의 흔적을 찾아다니면서도 내내 모차르트를 생각했다. 부르크 극장의 계단실에 그린 클림트의 천장화를 감상할 때, 부르크 극장에서 모차르트 〈피가로의 결혼〉 첫 공연이 이루어졌다는 말에 귀가 번쩍했다. 도슨트가 그 부르크 극장은 궁전 안에 있었고, 나중에 이 자리로 옮겨 새로 지었으며, 그때 클림트가 천장화를 그렸다고 할 때도 서아는 모차르트만 생각했다.

호텔에 돌아와서도 서아는 교향곡 40번을 들으며 모차르트에 대해 계속 검색했다. 이어폰을 끼고 듣는데 하연 언니가 같이 듣고 싶어 해서 스피커폰을 켜니 방 안 가득 교향곡이 흘러넘쳤다.

다음 날, 모차르트 투어가 시작됐다. 선녀 쌤이 그날의 일정을 설명했다.

"빈에 살았던 많은 천재 중에서도 특히 빈을 꽉 채운 인물은 모차르트입니다. 빈은 모차르트로 이루어진 도시죠. 모차르크는 청각과 미각과 시각으로 여행객을 사로잡습니다. 모차르트 음악, 모차르트 책, 모차르트 커피, 모차르트 초콜릿까지 모차르트가 다양한 모습으로 여러분을 반겨줄 겁니다. 특히 빈 중심가 알베르티나 광장에 있는 모차르트 카페는 여행객들이 반드시 들르는 명소입니다. 모차르트 음악을 들으며 모차르트 커피와 차를 가시면 진정 모차르트를 느낄 수 있겠죠. 모차르트의 멋을 느끼고 싶은 분은 선녀 쌤과 같이 갑시다.”

또 다른 투어는 여행 가이드와 함께하는 의미 있는 장소 투어였다. 가이드는 모차르트를 좋아한다면 교향곡 39, 40, 41번을 비롯한 수많은 연주곡을 작곡한 베링거 슈트라세 26번지와 성 마르크스 묘지를 봐야 한다고 했다.

오전에는 팀을 나누어서 움직이고 오후에는 다 함께 모차르트 하우스에 가기로 했다.

의미 있는 장소를 탐방할 사람은 모두 일곱 명이었다. 서아와 민우, 하연 언니는 모차르트 유적지를 찾아가기로 했다. 서아는 모차르트가 교향곡 40번을 작곡한 집을 방문해 모차르트로부터 창작의 기운을 듬뿍 받고 싶었다.

베링거 슈트라세 26번지로 향할 때 가이드가 말했다.

“모차르트는 안정적인 급여를 받는 궁정악사보다 자유로운 창작을 위해 프리랜서로 활동했기 때문에 말년에 매우 힘든 생활을 했어요. 이따가 오후에 가게 될 모차르트 하우스는 모차르트가 가장 풍족했을 때 살았던 집입니다. 생활이 어려워지면서 더 이상 그 집에 살지 못하고 집값이 싼 곳으로 이사해야 했죠. 그렇게 힘든 상황에서도 작곡에 몰두했던 모차르트의 창작 정신을 본받고자 베링거 슈트라세 26번지를 찾는 겁니다."

서아는 민우와 이어폰을 한 쪽씩 끼고 교향곡 40번을 들으며 모차르트가 살았던 곳으로 향했다.

"와, 이렇게 아름다운 음악을 작곡할 수 있다니, 놀라워. 가슴이 웅장해지는 기분이야."

민우가 벅찬 음성으로 말했다. 서아도 민우가 교향곡 40번을 좋아해서 기분이 들떴다.

정작 베링거 슈트라세 26번지에 도착했을 때 모차르트가 월세로 들어와 살던 옛집은 사라지고 없었다. '모차르트가 이곳에서 오페라 〈코시 판 투테〉와 교향곡 39~41번을 작곡했다'라는 안내판만 붙어 있었다. 5층 높이의 큰 건물로 바뀐 그곳을 돌아보고 발길을 돌리는데 서아의 귀에 느닷없이 교향곡 40번이 들리기 시작했다.

'어, 이 집에 사는 사람들이 모차르트를 기억하고 찾아오는 방문객을 위해 음악을 들려주는구나. 정말 좋은 사람들이야.'

그런 생각을 하며 음악에 빠져든 서아는 자신도 모르게 두 손을 흔들었다.

"서아야, 너 왜 그래."

'음악을 들으니 신이 나서 나도 모르게 지휘를…… 지금 나오는 음악, 아까 나랑 들었던 교향곡 40번이잖아."

서아의 말에 민우가 멀뚱멀뚱한 표정을 지었다.

"무슨 음악이 들린다고 그래. 조용하기만 한데."

민우의 말에 서아는 이해가 가지 않는다는 표정으로 바라봤다.

"지금도 들리는데. 하연 언니, 음악 안 들려?"

"구슨 소리야. 아무 소리도 안 들려."

그제야 서아는 이상한 생각이 들었다. 자기 귀에 계속 교향곡 40번이 울려 퍼지는데 두 사람에게는 들리지 않는다니, 그 순간 가슴이 쿵쾅쿵쾅 뛰었다.

'빈에서 모차르트와 교신하고 싶어 한 내 마음을 알고 모차르트가 나에게 신호를 보내는 거야.'

그렇게 생각하니 묘한 기분이 들면서 마음이 둥둥 떠오르는 것 같았다. 서아는 그 건물 앞에서 민우와 사진을 찍었다. 예지에게 교향곡 40번을 작곡한 이곳의 기운을 받아 합창 대회 창작곡을 잘 만들자는 메시지와 함께 보낼 생각으로.

성 마르크스 묘지에 갔을 때 서아는 몹시 쓸쓸한 마음이 들었다. 묘지 정문을 지나 완만한 오르막길을 100미터 정도 올라가니 왼편에 '모차르트 묘지'라는 푯말이 보였다. 사진에서 본대로 천사 동상이 지키고 있는 무덤은 쓸쓸하기 그지없었다. 가이드의 설명을 들으며 묘지를 둘러볼 때 설움이 북받쳐

올라왔다.

"모차르트는 겨우 35세에 세상을 떠났습니다. 위대한 음악가의 묘지는 사후 60년이 되어서야 조성됐습니다. 하지만 이 무덤에 모차르트는 없어요. 너무 가난해서 묘지를 만들지 못하고 공동묘지에 묻혔는데, 나중에 찾을 수 없었답니다. 이름과 1756~1791, 이게 전부네요. 흔한 묘비명 하나 없다니 안타깝습니다. 모차르트는 잘츠부르크 태생으로 빈에서 마지막 10년을 살고 세상을 떠났습니다. 너무 빨리 하늘나라로 갔지만 누구보다 많은 업적을 남겼습니다. 600곡이 넘는 음악을 인류에게 선물했습니다."

서아는 묘지를 둘러보며 모차르트에게 마음으로 감사 인사를 했다.

'너무도 좋은 음악을 만들어주셔서 감사합니다. 앞으로도 당신의 음악 많이 들으며 당신을 기리겠습니다. 모쪼록 교내 합창 대회 창작곡을 만들 때 저에게 영감을 주시면 고맙겠습니다.'

간절한 마음을 담아 잠시 하늘을 바라봤다. 모차르트가 자신의 마음을 꼭 받아주길 바라면서. 마지막에 살았던 집 앞에서 들은 교향곡을 떠올릴 때 모차르트를 만나고 싶은 간절한 마음이 뭉글뭉글 퍼져나갔다.

8. 모차르트 교향곡 40번

뾰족뾰족한 첨탑과 지붕의 기하학적 무늬가 인상적인 슈테판 대성당에서 모차르트가 결혼했다는 말에 괜히 가슴이 벅찼다. 서아는 또 한 번 "모차르트, 저에게 영감을 주세요."라고 읊조렸다. 성당을 둘러본 뒤 거기서 1분밖에 안 걸리는 모차르트 하우스에 도착했다.

비로소 서아의 마음이 편안해졌다. 모차르트가 이 집에 사는 동안 〈피가로의 결혼〉을 작곡하고 오페라가 대성공을 거두었다는 말 덕분이었다. 쓸쓸한 묘지와 푯말만 남은 집을 보고 와서 더 그런 듯했다.

모차르트가 가장 성공적인 시간을 보낸 집을 둘러볼 때 서아의 마음도 행복했다. 번호를 누르면 친절하게 한국어로 설명이 나오는 오디오 가이드가 있어서 각자 알아서 돌아보기로 했다. 서아는 모차르트를 온전히 느끼기 위해 민우와 하연 언니와도 헤어져서 3층부터 차근차근 관람을 시작했다.

가족들의 피규어가 눈에 띄자 마치 실제로 모차르트를 만난 것처럼 반가웠다. 큰 방 4개와 작은 방 2개가 있는 2층에서는 27세의 모차르트와 22세의 아내 콘스탄체가 나눈 대화를 상상해 봤다. 그리고 모차르트가 악상이 떠오르지 않으면 상상력에 불이 붙을 때까지 방 안을 중얼거리며 왔다 갔다 했다는 설명에 방안을 거닐어보기도 했다.

서아가 가장 오래 머문 곳은 모차르트의 바이올린과 악보 앞이었다. 모차르트가 직접 쓴 복잡한 악보에서 천재의 기운이 마구 뿜어져 나오는 것 같았다.

바이올린을 볼 때는 모차르트가 연주하는 모습을 상상하며 눈을 감았다. 그 순간 교향곡 40번이 흘러나왔다. 오디오 가이드에서 들리는 건지도 모른다는 생각에 이어폰을 뺐다. 그래도 교향곡이 계속 들렸다.

서아는 너무도 놀라 바이올린을 유심히 보고, 다시 이어폰을 껴 보았는데 음악이 들리지 않았다. 두 번이나 음악이 들리더니, 서아의 가슴이 계속 쿵쾅거렸다.

모차르트가 270년 전 오르내린 계단을 밟을 때는 마치 꿈꾸는 것 같았다. 계단을 내려오다 창문을 통해 밖을 내다봤다. 서아는 양쪽 건물 사이 좁은 길로 사람들이 오가는 모습들을 보면서 모차르트가 무슨 생각을 했을지 짐작해 보기도 했다.

1층 모차르트 선물 가게에서 민우가 물건을 고르고 있었다.

"민우야, 너 모차르트 바이올린 봤어?"

"응, 악보도 봤어."

"바이올린 볼 때 혹시 음악이 들리지 않았어?"

"안 들렸는데?"

서아는 또 음악이 자기에게만 들렸다는 사실에 감동이 파도처럼 넘실거렸다.

그때 다가온 하연 언니가 서아에게 물었다.

"너 얼굴이 왜 이렇게 빨개? 열 나는 애 같아."

하연 언니의 말에 서아는 두 팔로 가슴을 안고 벅찬 표정을 지었다.

선물 가게에서는 엽서, 만년필, 비누, 머그잔, 초콜릿 같은 물건을 팔았는데 서아는 자신을 위해 만년필을 골랐다. 모차르트 하우스에서 산 만년필로 작곡하면 왠지 잘될 것 같아서였다. 부모님과 예지에게 선물할 머그잔과 초콜릿도 골랐다. 몇 가지 선물을 더 구입하는 바람에 쇼핑백이 무거울 지경이었다.

서아는 예지에게 모차르트 하우스에서 찍은 바이올린과 악보 사진, 민우와 함께 찍은 사진 여러 장을 보냈다. '모차르트에게 받은 영감을 함께 나눠 좋은 곡 만들자.'라는 메시지와 함께. 예서민이 같이 여행한다는 기분을 느끼기 바라는 마음으로 보낸 것이다.

메시지를 보내고 얼마 되지 않아 예지로부터 온 답장을 본 서아의 가슴은 쿵 내려앉았다.

'나 민우하고 사귀어. 내가 없는 곳에서 둘이 사진을 마구 찍다니 좀 불쾌하네. 네가 사진 찍자고 어지간히 조른 모양이지?'

서아는 주먹으로 머리를 한 대 맞은 기분이었다. 둘이 사귄다는 걸 전혀 눈치채지 못했기 때문이다.

'민우가 예지와 양호실에 갔을 때, 아니면 민우가 예지를 집에 데려다줬을 때 둘이 사귀기로 한 건가?'

그런 생각을 하는데 예지가 옆에서 '사진 찍자고 어지간히 조른 모양이지.'라며 노려보는 것 같았다. 가만히 생각해 보니 민우가 먼저 사진 찍자고 한 적이 없었다. 예지에게 보여주기 위해 늘 자기가 찍자고 했을 뿐.

'내가 사진 찍자고 할 때마다 민우가 곤란했겠네.'

그 생각을 하니 미안하기 짝이 없었다. 민우가 구태여 예지와 사귄다고 말하지 않아 벌어진 일이었다. 창피함이 몰려왔지만 민우에게 아무런 티를 내지 않기로 했다. 어딜 가든 떨어져서 다닐 결심도 했다. 생각지도 못한 변수여서 불편했지만 어쩔 수 없었다. 학교로 돌아가 셋이 같이 연습할 때도 특히 조심하기로 마음먹었다.

객실에서 잠시 쉬었다가 저녁을 먹으러 갈 때 서아는 민우 옆이 아닌 하연 언니 옆에 섰다. 아무 생각 없이 민우를 중심에 두고 양쪽으로 서기도 하고 서아 옆으로 민우와 하연 언니가 서기도 했는데, 이제 걷는 것까지 조심해야 했다.

식당에서도 민우 앞에 하연 언니를 앉게 하고 그 옆에 서아가 앉았다. 두 사람은 그다지 신경 쓰지 않는 눈치였지만, 서아는 스스로 정한 룰을 철저히 지켰다.

식사하고 호텔 앞뜰에서 사진을 찍어 주겠다는 하연 언니를 민우 옆에 세우고 서아가 촬영했다. 하연 언니가 "이번에는 둘이 서봐."라고 할 때 "빨리 방에 가봐야 해."라며 서둘러 와버렸다. 서아는 일일이 신경 쓰는 게 피곤했지만, 괜한 오해가 생기지 않도록 조심했다.

베토벤 투어를 나가는 셋째 날, 민우가 유난히 흥분했다.

"첼로는 베토벤 이전 시대까지 주로 반주용 악기로 쓰였어. 베토벤이 첼로를 독주 악기로 사용하면서부터 첼로가 인정받기 시작했거든. 첼리스트한테는 베토벤이 완전 은인이고, 대부이시지. 나는 베토벤 첼로 소나타 3번이 제일 좋아. 묵직하면서 파워풀해서."

서아는 민우 말에 아무 대꾸도 하지 않았다. 그저 가이드가 하는 말만 묵묵히 들었다.

"모차르트가 돔 가세 5번지에 살 때 베토벤이 모차르트의 명성을 듣고 독일 본에서 17일간 마차를 타고 빈에 찾아왔습니다. 베토벤이 모차르트 앞에서 피아노 연주를 했을 때 모차르트가 '언젠가는 세상에 그의 명성이 자자할 것이다'라고 격려해 주었습니다."

최고의 음악가 모차르트를 찾아온 베토벤, 베토벤을 알아본 모차르트, 둘의 아름다운 만남이 가슴에 깊이 남았다. 빈에서 서아는 모차르트, 민우는 베토벤, 하연 언니는 클림트를 가슴에 안고 한국으로 돌아왔다.

서아는 엄마 목을 끌어안고 볼에 뽀뽀하면서 너무 좋은 여행을 하게 해 주어서 감사하다고 말했다. 그러자 아빠가 옆에서 "나는 왜 뽀뽀 안 해줘."라고 질투했다.

"자꾸 서아 조르면 사춘기 바로 들어가니까 조심해요."

엄마의 경고에 아빠가 입을 삐죽일 때 서아는 재빨리 아빠 볼에 뽀뽀하고 방으로 뛰어 들어갔다.

서아는 빈에서 모차르트 음악을 혼자만 들은 걸 생각하니 가슴이 싱숭생숭했다. 모차르트와 특별한 인연을 맺은 것 같아 마음이 들뜨기도 했다. 서아는 이제 교향곡 40번을 무한 반복해서 듣다가 잠드는 게 습관이 되었다.

9. 예지의 짝사랑

집을 나서던 서아는 머리가 복잡해 한숨을 푹, 쉬었다. 학교에서 예지를 만나면 사과해야 할지 말지 갈피를 잡기 힘들었다. 자신이 딱히 잘못한 게 없기 때문이다. 예지와 민우가 사귀는지 몰라서 사진을 같이 찍고 대화했을 뿐이니까.

게다가 사진을 찍은 건 함께 오지 못한 예지를 위한 배려였다. 억울한 마음이 들었지만, 예지가 따지면 해명은 하기로 마음먹었다.

서아가 빈에서 사 온 모차르트 초콜릿을 건넬 때 예지의 반응이 싸늘했다. 그래도 별말 없이 받아 서아는 더 이상 신경 쓰지 않기로 했다. 특별히 조심하는 건 필수였다. 합창 대회에 관해 꼭 나눠야 할 말이 있으면 셋이 있을 때 질문하기로 했다.

서아가 유심히 지켜봤을 때, 둘이 눈에 띌 정도로 친밀한 건 아니었다. 방과 후 예서민 앙상블이 모였을 때도 딱히 둘이 사귄다는 느낌은 들지 않았다. 남들 앞에서 철저히 숨기기로 한 것 같았다. 서아도 둘 사이를 안다는 티를 내지 않고 자연스럽게 대했다.

"예지 너도 갔으면 좋았을 텐데. 정말 좋은 여행이었어. 그지, 서아야?"

긴우가 활짝 웃으며 바라볼 때 서아는 어정쩡한 웃음을 지었다.

"아무리 좋았어도 여행은 잊고, 빨리 작곡해야지. 우선 작사부터."

예지의 말에 민우와 서아가 고개를 끄덕였다.

"내가 지은 가사 볼래?"

예지의 말에 민우가 깜짝 놀라며 말했다.

"와, 감동. 우리가 여행 갔을 때 가사 썼구나. 예지야, 고마워."

민우가 자기도 모르게 예지의 손을 잡아 흔들었고, 예지는 가슴이 둥둥 뛰었다. 그 모습을 본 서아는 그제야 둘이 사귀는 게 실감 났다.

예지가 태블릿을 꺼냈다. 예지는 민우와 서아가 오스트리아로 떠났을 때 질투심을 누르기 힘들어 방 안에서 안절부절못하다가 민우에게 감동을 안기기로 마음먹었다.

가사를 써서 기습적으로 내놓으면 민우가 놀랄 게 분명했다. 며칠 밤을 지새우며 가사를 써서 여러 번 다듬었다. 중학교 1학년에 맞게 '꿈, 도전, 우정'을 소재로 몇 번 수정한 끝에 완성했다.

제목: 꿈을 향해 달려가

(1절)

새벽을 깨우는 빛처럼 / 우리의 하루가 시작돼.

넘어져도 괜찮아. / 함께라면 다시 일어나.

(후렴)

We can fly, high up in the sky / 멈추지 않아, 꿈을 향해 달려가.

We can shine, 별빛보다 bright / 우리의 노래 세상에 퍼져 가.

(2절)

두려움 뒤에 숨지 말고, / 마음을 활짝 열어 봐.

너와 내가 함께라면 / 불가능도 가능해져.

(후렴 반복)

We can fly, high up in the sky / 멈추지 않아, 꿈을 향해 달려가.

We can shine, 별빛보다 bright / 우리의 노래 세상에 퍼져 가.

민우가 가사를 읽더니 "흠 좋은데."라며 고개를 끄덕였다.

"깔끔하고 좋아. K팝 스타일에 맞게 영어 가사도 있고."

예지는 민우의 칭찬에 기분이 좋았다. 며칠간 노력한 게 헛되지 않아 기뻤다.

"완성된 건 아니지만 가사가 나오니까 뭐가 막 진행되는 것 같아. 우리 셋이 같이 고민해 보고, 같이 수정하자. 누가 지적한다고 기분 나빠하진 말자. 우리 셋의 공동 작업이니까. 다 좋은데 가사가 좀 짧다는 생각이 들어."

긴우의 말에 예지도 서아도 고개를 끄덕였다. 예지는 민우가 기분 좋아하는 모습에 마음에 둥둥 뜨는 것 같았다. 셋은 예지가 쓴 가사에 각자 첨삭한 뒤 결정하기로 했다. 확실히 뭔가가 시작되는 기분이었다.

그날, 30명의 반 친구가 모여서 합창 대회를 위한 회의를 개최했다. 빠른 진행을 위해 총연출을 뽑는 게 좋겠다는 의견이 나왔다. 몇 명이 거론되다가 초등학교 때 전교 회장을 했다는 최정후가 총연출에 뽑혔다.

정후가 나와서 회의를 진행하는 가운데 많은 의견이 쏟아졌다. 그 결과 K팝 창작곡 반주에 피아노를 빼고 드럼과 키보드를 넣기로 했다. 키보드라는 말에 예지가 인상을 썼다. 피아노가 엄연히 있는데 키보드를 뽑는 게 마음에 들지 않아서였다.

문제는 키보드를 연주하겠다고 자원하는 친구가 없다는 것이었다. 합창곡을 능숙하게 연주할 만한 친구가 없었기 때문이다.

"내가 키보드도 칠게. 어차피 건반은 똑같으니까."

민우에게 잘 보이고 싶은 마음에 그 말을 뱉으면서 예지는 소스라치게 놀랐다. 피아노로 대중음악을 반주하는 것도 받아들이기 힘들었는데 키보드를 치겠다고 자원하다니. 하지만 이미 엎질러진 물이었다. 민우가 일어서서 손뼉 치며 엄지손가락을 치켜들었기 때문이다.

서아는 잘됐다고 생각하면서도 왠지 서운했다. 유행가 치는 것도 싫다던 예지가 키보드까지 자원하는 모습이 좋아 보이지 않았다. 동경했던 천재가 너무 평범해지는 것 같아서였다.

민우를 바라보며 미소 짓는 예지를 보니 그 마음이 이해되면서도 서운했다. 빈에서 친하게 지냈던 민우를 멀리해야 한다는 사실까지 더해 서아의 머리가 복잡해졌다.

드럼을 칠 친구가 없자 민우가 키보드로 드럼 효과도 낼 수 있다고 말했다. 예지는 민우와 더 친해질 기회인 것 같아 고개를 끄덕였다. 민우에게 키보드 작동법을 잘 배우기로 마음먹었다. 회의를 끝내려는데 초희가 손을 들었다.

"기존 합창곡을 바꿨으면 해. K팝 창작곡하고 확실한 차이를 두기 위해 정통 클래식을 하는 건 어떨까? 너희 셋이 연주를 잘하니 중간에 3중주도 넣고 말이야. 첫 곡은 우아하면서도 정통으로, K팝 창작곡은 키보드에다 드럼까지 가미해 확실한 차별점을 두는 거지."

초희의 말에 여기저기서 그게 좋을 것 같다는 말이 나왔다. 그중에서도 예지가 가장 밝은 표정을 지었다. 하지만 몇몇은

〈나의 사춘기에게〉를 다 외웠다며, 그대로 가자고 했다.

"시간이 없으니 각자 유튜브를 검색해서 좋은 곡을 추천하자. 20분 후에 다시 여기로 모여."

정후의 제안에 따라 반 아이들이 여기저기 흩어져서 검색을 시작했다. 20분 후 놀라운 결과가 나왔다. 마치 짠 것처럼 열 명이 〈작은 별 변주곡〉을 추천한 것이다.

"지난번에 민우하고 서아가 〈작은 별〉을 연주했잖아. 그때 굉장히 좋았어. 우리가 합창하다가 셋이 모차르트 〈작은 별〉을 현란하게 연주하면 어필될 것 같아. 합창은 한국어, 영어, 돌림노래 등등으로 다양하게 부르고."

초희의 말에 모두가 손뼉을 쳤고, 합창곡으로 〈작은 별 변주곡〉이 선정됐다. 편곡은 정후와 초희가 맡고, 변주할 부분은 예서민이 정하기로 했다.

아이들이 돌아가고 셋이 남았을 때, 예지의 볼이 볼빨간사춘기처럼 발갛게 달아올랐다. 서아는 예지의 의욕적인 모습이 신기했다. 자신이 원했건 대로 클래식 곡이 선정되어 그런 듯했다. 예지의 기분이 풀려 다행스러웠다. 이제 셋이 마음을 합쳐 열심히 준비하면 될 테니까.

예지는 예술중학교 입학 실패로 인한 좌절감과 무대 공포증, 엄마의 압박까지 마음을 짓누르던 것들이 터지기 직전에 등장한 민우 덕분에 살 것 같았다. 누가 목을 누르기라도 하듯 숨이 가빠왔는데 요즘 들어 많이 편안해졌다. 그런 데다 합창곡까지 마음에 드는 곡으로 정해지자 기분이 좋았다. 이제 민우의 확답만 받으면 모든 게 완전해질 것 같았다.

예지는 기회가 되면 민우에게 마음을 전하기로 마음먹었다. 민우와 함께라면 힘든 앞길을 헤쳐 나갈 수 있을 것 같았다.

"친구들이 모두 열심히 하니 우리도 스피드를 내야 할 것 같아. 창작곡 가사를 각자 수정해서 내일 확정하자."

민우의 말에 서아와 예지가 고개를 끄덕였다. 서아는 얘기가 끝나자 바로 가방을 들고 교실을 나왔다. 둘 사이에 방해가 되지 않기 위해서였다.

민우는 빈 여행을 다녀온 이후 서아가 자꾸 자신을 피한다는 생각이 들었다. 빈에서 사흘째 여행하던 날에도 자신과 거리를 둔 게 떠올랐다. 베토벤이 살았던 집에 갔을 때 어느새 서아가 사라져서 하연 누나와 둘만 다녔던 기억도 났다. 자신이 괜히 그렇게 생각하는지도 몰라 서아와 얘기를 나눠봐야 할 것 같았다.

예지는 서아가 눈치껏 빠져줘서 기분이 좋았다. 서아에게 민우를 남자 친구라고 못 박은 건 정말 잘한 일이라는 생각이 들었다. 오늘 민우와 확실히 얘기해서 둘 사이를 공고히 하기로 마음먹었다.

"민우야, 떡볶이 먹으러 갈래?"

예지의 제안에 민우가 갑자기 미안한 표정을 지었다.

"아, 미안해. 오늘 우리 할아버지 생신이어서 할머니께서 저녁상 차리는 걸 돕기로 했거든. 그래서 지금 빨리 집에 가 봐야 해."

예지는 서운했지만 다음엔 꼭 사귀자는 말을 하기로 마음먹었다.

10. 모차르트가 나타났다

서아는 오늘도 변함없이 모차르트 교향곡 40번을 들으며 빈에서 사 온 모차르트 만년필을 들고 예지의 가사를 훑어봤다. 어떻게 수정할지 생각하는데, 후렴 부분의 'We can shine, 별빛보다 bright / 우리의 노래 세상에 퍼져 가.'라는 가사가 눈에 들어왔다. 별빛이라는 단어가 마치 눈을 쏘는 듯했다.

합창곡 〈작은 별〉과 연결하면 좋겠다는 생각이 들었지만, 더 이상의 아이디어가 떠오르지 않았다. 합창곡을 여러 버전으로 들어보고, 예지가 쓴 가사와 어떤 음률이 어울릴지 생각하다가 스르르, 잠이 들었다.

서아는 끝없이 펼쳐진 파란 풀밭 위로 마구 달려갔다. 와! 소리를 지르며. 그러다 문득 멈춰 섰다. 나무 아래에서 자신을 보며 웃고 있는 소년을 발견했기 때문이다. 서아는 입을 다물고 천천히 걸었다. 마치 아무 소리도 내지 않은 것처럼, 마구 달리지 않은 것처럼.

"서아야! 여기 앉아."

자신의 이름을 부른 소년을 바라보던 서아의 눈이 점점 커졌다.

"너, 너, 너, 모차르트? 모차르트 하우스에서 본 소년 모차르트?"

흰색 가발에 빨간 코트를 입은 모습이었다.

"맞아. 금방 알아보네."

서아가 너무 놀라 입을 막자, 모차르트가 일어나서 앞으로 뒤로 돌다가 옆모습도 보여주었다.

"그만 봐. 맞으니까. 서아야, 너 중학교 1학년이고 열세 살이지? 나도 열세 살이야. 나는 아빠랑 유럽 연주 투어 중이고, 지금 이탈리아에서 날아온 거야."

눈을 비비고 다시 한번 봤지만, 모차르트가 분명했다. 서아는 퍼뜩 정신을 차렸다.

"어떻게 온 거야? 이게 사실이야?"

서아가 계속 호들갑스럽게 확인하자 모차르트가 웃으며 말했다.

"네가 빈의 내 묘지에서 '너무도 좋은 음악을 만들어주셔서 감사합니다. 앞으로도 당신의 음악 많이 들으며 당신을 기리겠습니다. 모쪼록 교내 합창 대회 창작곡을 만들 때 저에게 영감을 주시면 고맙겠습니다.'라고 기도할 때 감동했어. 그래서 너를 만나기로 한 거야. 너의 엄마가 네가 뱃속에 있을 때

부터 나의 교향곡을 들어서 너의 전두엽에 나와 통하는 주파
수가 생긴 덕분이지. 너는 엄마 뱃속에서부터 내 음악을 들으
면 기분 좋아했어. 그런 시간이 쌓여서 너와 나의 주파수가
딱 맞게 된 거야.”

모차르트의 말에 서아의 눈이 점점 커졌다. 빈에서 두 번이
나 모차르트 음악이 들린 것도 그 주파수 덕이었던 걸까.

“어떤 모습으로 너를 만나러 올까, 고민하다가 너와 친해질
수 있는 열세 살로 온 거야.”

서아는 볼을 꼬집어 보다가 퍼뜩 정신을 차렸다. 지금 놀랄
때가 아니었다. 빈에 가기 전부터 모차르트에게 창작의 영감
을 받고 싶었는데, 모차르트가 눈앞에 있다니.

“와, 너무 놀라서 정신이 없어. 정말 반가워. 나를 찾아와줘
서 고마워. 내 이름은 이서아. 아참! 이미 불렀지?”

“이서아가 풀네임이구나. 나는 볼프강 아마데우스 모차르
트야. 사실은 이것보다 더 길어.”

“우리는 성은 빼고 이름 두 글자만 불러. 서아라고.”

“내 이름을 두 글자로 줄이면 뭐라고 하는 게 좋을까?”

서아는 모차르트를 모찰트라고 부르는 사람들도 있으니, 모
찰이 좋을 것 같다고 말했다.

“모찰, 모찰. 오오, 좋아. 앞으로 모찰이라고 불러줘.”

“좋아. 모찰, 근데 사실 아직도 안 믿어져.”

“텔레파시라고 알아? 너의 간절한 마음이 나를 부른 거야.

주파수를 맞추려면 텔레파시가 필요하거든. 간절한 신호, 강력한 이끌림."

서아는 고개를 끄덕였다. 빈에 가기 전부터 오늘까지 매일 모차르트를 생각했으니까. 서아 혼자만 빈에서 교향곡 40번을 들었다고 하자, 모찰이 환하게 웃었다.

'내가 만든 곡을 지금까지도 많은 사람이 들어주는 건 정말 고마운 일이지."

서아는 모찰이 언제 갈지 몰라 마음이 조급해졌다. 그래서 자기가 오라중학교 1학년이고, 곧 합창 대회가 열린다는 얘기를 했다.

"우리 1반에서 합창곡을 〈작은 별〉로 정했어. 창작곡을 만들어야 하는데 〈작은 별〉과 연결해서 곡을 만들면 좋겠다고 생각하며 잤어."

서아는 예지가 쓴 가사를 들려주면서 'We can shine, 별빛보다 bright / 우리의 노래 세상에 퍼져 가.'의 내용과 연결고리를 생각하다가 잠들었다고 말했다.

"내 생각에는 '작은 별'로 어린 시절 순수한 꿈을 나타낸 다음 별처럼 빛나는 청춘을 표현하면 좋을 것 같아. 중학생이 되어 멋진 청춘으로 뻗어간다, 그런 의미에서 '큰 별' 어때?"

모찰의 말에 서아가 고개를 크게 끄덕였다.

"너무 좋은 아이디어야. '작은 별'과 '큰 별', 자연스럽게 연결되고 좋아."

"방금 떠오른 건데, 후렴을 'We can fly, 별빛을 따라 / 더 높이 더 멀리 날아가. / We can shine, our voices together / 세상에 울려 퍼져 가. / 우리의 길은 지금 열려, / 무한한 내일로 이어져. / 별처럼 빛나, forever young / 세상은 더욱 아름다워.' 이런 톤으로 쓰고, 이 후렴을 중심으로 1~2절을 만들어 봐."

서아는 모찰이 예지가 쓴 가사를 바탕으로 고쳐서 마음에 들었다.

"가사가 다 되면 작곡도 같이 의논해 보자."

모찰의 말에 서아의 가슴이 마구 뛰었다.

"또 올 거야?"

"Of course, 서아가 내 교향곡 40번을 들으면서 텔레파시를 강하게 보내. 그러면 내가 주파수를 잘 맞춰서 바로 올게. 나는 지금 유럽 연주 투어로 바빠. 하지만 서아 만날 시간은 내야지. 서울이 너무 멋있어. 유럽은 오래된 건물이 많아 고풍스러운데 서울은 미래도시 같아. 그래서 또 오고 싶어."

"꼭 또 와야 해. 기다릴게."

새벽 5시에 눈을 뜬 서아는 어리벙벙했다. 모차르트를 만나다니, 꿈이지만 너무 기분이 좋았다. 서아는 자신이 만년필을 들고 있는 데다 노트에 모차르트가 말한 가사가 적혀 있어서 깜짝 놀랐다.

만년필을 들고 노트에 끄적이다가 잠이 든 게 생각났다. 꿈에서 모차르트가 말할 때 자기가 노트에 받아 적은 것 같았다. 가슴이 두근거렸다. 모차르트가 말한 가사가 너무도 마음에 들었다.

평소보다 두 시간이나 빨리 일어난 서아는 후렴을 중심에 놓고 가사를 쓰기 시작했다. 몇 번 고친 끝에 드디어 완성했다. 가사를 읽을 때 서아의 가슴이 벅차올랐다.

(1절)

새벽을 깨우는 starlight / 우리의 꿈을 밝혀 주네.

작은 발걸음 모여 / step by step, we go our way.

넘어져도 괜찮아. / 서로 손을 잡아 주면,

오늘보다 내일 더 / shining brighter everyday.

(후렴)

We can fly, 별빛을 따라 / 더 높이 더 멀리 날아가.

We can shine, our voices together / 세상에 울려 퍼져 가.

우리의 길은 지금 열려 / 무한한 내일로 이어져

별처럼 빛나, forever young / 세상은 더욱 아름다워.

(2절)

두려움 뒤에 숨지 말고, / open your heart, don't be afraid.

너와 내가 손잡으면 / everything will be okay.

어린 날의 작은 꿈 / 이제 큰 빛이 되어

끝없는 우주처럼 / we can reach the Milky Way.

(후렴 반복)

몇 번이나 깨워야 일어나던 서아가 스스로 일어나 식탁에서 뭔가 쓰고 있는 모습에 엄마가 놀라서 달려왔다.

"서아야, 너 얼굴이 왜 그렇게 상기됐어? 뭐 신나는 꿈이라도 꿨어?"

엄마의 말에 서아는 하마터면 꿈 이야기를 할 뻔했다. 아무래도 비밀을 유지해야 할 것 같았다. 문득 천재 연구가 조우현 박사님이 떠올랐다. 그렇지 않아도 빈 여행을 잘 마치고 와 감사 인사를 하려던 참이어서 꼭 만나야겠다고 생각했다.

엄마가 채근했지만, 서아는 아무 일도 없었다고 시침을 뚝 떼며 모차르트 하우스에서 사 온 초콜릿과 비누를 두 개씩 챙겼다. 함께 여행을 다녀온 선녀 쌤에게도 선물해야 할 것 같아서였다.

서아는 평소보다 좀 일찍 학교에 가서 교장실에 가보았다. 아침부터 문이 활짝 열려 있었고, 서아가 들어서자 선녀 쌤이 활짝 웃으면서 맞아주었다.

"너, 빈에 같이 갔던 이서아구나. 어서 와. 피곤은 다 풀렸니?"

“네, 정말 좋은 여행이었어요. 선녀 쌤, 감사합니다.”

서아는 조우현 박사님을 만나 감사도 드리고, 궁금한 점도 묻고 싶다며 전화번호를 알려달라고 했다.

“만나고 싶은 명사가 있을 때, 먼저 연락하고 만나는 건 대단히 좋은 일이야. 당장 알려주마.”

선녀 쌤이 종이에 번호를 적을 때 서아는 모차르트 초콜릿과 비누를 꺼냈다.

“와, 이 초콜릿 정말 먹고 싶었는데. 사실 사려다가 살찔까 봐 꾹 참았거든. 서울 와서 굉장히 후회했단다. 그런데 내 마음을 알고 서아가 선물로 주니 정말 좋아.”

선녀 쌤이 초콜릿을 받으며 기뻐해서 서아는 기분이 좋았다. 인사를 하고 교장실을 나서는데 민우가 바로 옆 교무실에서 나왔다. 웃으며 나오던 서아의 얼굴이 금방 무표정하게 바뀌었다.

“어, 선녀 쌤 만났어?”

서아는 고개만 끄덕이고 말없이 앞으로 걸어갔다. 민우는 서아의 태도가 영 이상하다고 생각했다.

“서아야, 너 나한테 화난 거 있어? 내가 뭐 잘못했어?”

“아니, 그런 거 없는데.”

서아가 그렇게 말하고 빨리 걸어가는데 마침 예지가 교실에서 복도로 나왔다. 서아는 안도의 한숨을 쉬며 교실로 들어갔다.

예지는 서아가 빠른 걸음으로 걸어오고 민우가 어이없다는
표정으로 뒤따라오는 모습이 마음에 걸렸다. 둘이 무슨 얘기
를 한 걸까, 혹시 서아가 민우에게 자기에 대해 물어 본 건가?
별별 생각이 다 들어 가슴이 두근두근했다. 빨리 민우와 대화
해서 정식으로 교제를 시작하기로 마음먹었다. 그래야 서아
에게 거짓말한 게 무마되니까.

11. 우리 사귀자, 나 너 좋아해

서아는 예서민 앙상블이 모인 자리에서 수정한 가사를 내놓았다.

"창작곡 제목을 〈큰 별〉로 정해봤어. 작은 별에서 큰 별로 이어지면서 우리가 뻗어나간다는 의미로."

꿈에서 모차르트를 만난 얘기며, 가사가 적힌 노트 얘기는 하지 않았다. 예지는 기분이 몹시 상했다. 자신이 쓴 가사보다 훨씬 좋아졌기 때문이다. 민우가 가사를 읽더니 고개를 끄덕였다.

"와, 나는 어제 할아버지 생신 때문에 바빠서 손볼 틈이 없었는데, 정말 수정을 잘했네. 〈큰 별〉이라는 제목도 좋아. 예지가 쓴 가사를 확장해서 폭이 넓어졌어. 나는 이대로 갔으면 좋겠는데. 더 손댈 것도 없어. 예지가 초안을 잘 잡아서 서아가 잘 쓴 거 같아. 공동 작업이니까 의미도 있고. 더 수정할 거 있으면 지금, 같이 해보자."

예지는 민우가 좋아하는 데다 자기에 대한 칭찬을 빼놓지 않아 기분이 좀 회복되었다. 서아는 모차르트가 도와줬다는 얘기가 목까지 나왔지만, 겨우 누르고 방긋 웃었다. 셋은 몇 번 더 읽어본 후 가사를 확정 지었다. 작곡도 가사 작업처럼 각자 집에서 만든 걸 들어본 후 논의하기로 했다.

  서아는 조우현 박사님을 만나러 가는 걸 두 친구에게 말할까 말까 망설였다. 사실 개인적인 질문이 있어서 가는 거지만 창작곡과도 관련 있으니 말하는 게 도리라는 생각이 들었다.
  "나 오늘 조우현 박사님 만나러 가는데, 같이 갈래?"
  겨우 회복한 예지의 기분이 바로 바닥으로 떨어졌다. 자기는 빈에 가지 않았는데, 배려가 없다고 생각했다. 예지는 어지러운 척하며 비틀거렸다. 민우도 못 가게 하기 위해서였다.
  "왜, 어지러워? 양호실에 갈까? 서아야, 예지 양호실에 데려다주고 조 박사님께 같이 가자. 나도 가고 싶어."
  예지가 인상 쓰는 모습을 본 서아는 서둘러 일어났다.
  "아냐, 예지 돌봐줘. 나 혼자 갈게."
  민우가 몇 번이나 불렀지만, 서아는 뒤돌아보지 않고 그대로 나왔다. 민우가 급하게 예지를 양호실로 데려가려 하자, 예지가 정색하고 쳐다봤다.
  "왜 그렇게 서아를 못 따라가서 안달이야? 가지 마."
  민우는 조금 전까지 어지러워 비틀거리던 예지가 꼿꼿하게 서서 말하자 갑자기 이상한 생각이 들었다.

“너, 안 아픈 거야? 아픈 척한 거야?”

“그래, 왜 내 마음을 몰라주는 거야. 아니면 모른 체하는 거야?”

“지금 무슨 소리를 하는 거야.”

민우가 어리둥절한 표정을 지을 때 예지가 기습적으로 말했다.

“우리 사귀자. 나 너 좋아해.”

민우는 그제야 이상한 생각이 들었다. 예지의 도발적인 말과 서아의 어정쩡한 태도 사이에 뭔가 있는 게 분명했다. 민우는 정색하고 또박또박 말했다.

“나도 너 좋아해. 서아도 좋아하고. 우린 서로 좋아하는 친구고, 함께 합창곡 반주를 맡은 앙상블이야. 계속 같이 잘 지냈으면 좋겠어.”

예지의 눈에 눈물이 가득 고였지만 민우는 가방을 들고 나와 마구 달렸다.

민우는 발에 바퀴가 달린 것처럼 빠르게 달려 버스 정류장에 도착했다. 그때, 서아가 막 도착한 버스에 오르고 민우도 곧바로 버스를 타서 맨 뒷자리에 앉은 서아 옆으로 갔다.

“어, 너 언제 왔어? 예지는 어떡하고.”

“예지? 아프지 않은 거 확인했어. 집에 갔겠지, 뭐.”

서아는 민우가 여자 친구에 대해 너무 무심하게 말한다고 생각했다. 어쨌든 거리를 두어야겠다는 마음에서 몸을 돌려 창밖을 바라봤다.

"서아야, 혹시 내가 예지와 사귄다고 생각해서 나를 멀리한 거야?"

민우의 말에 서아가 깜짝 놀라서 몸을 돌렸다.

"그러면 아니었어?"

민우는 한숨을 푹 내쉬었다. 서아는 빈에서 예지에게 문자를 받았고, 그때부터 불편했다고 말했다.

"나는 최소한 대학교에 들어갈 때까지는 여자 친구를 사귈 생각이 없어. 어쩌면 대학교에 가서도 그럴 생각이야. 왜냐하면 한 사람에게 몰두하다 보면 친구 사귈 기회가 줄어들거든. 우리 아빠가 나한테 될 수 있으면 많은 친구를 사귀라고 하셨어. 그게 인생의 재산이라고. 나도 그 말에 동감이야. 우리 셋 사이에서도 이런 문제가 생기잖아. 예지도 너도 나한테는 똑같은 친구야. 그러니 예전처럼 대해줘."

민우의 말에 고개를 끄덕이던 서아가 곰곰이 생각한 뒤 말했다.

"네가 예지를 아무 일 없었던 것처럼 대했으면 좋겠어. 나도 그럴게. 우리는 지금 해야 할 일이 있는 데다 예지가 너를 좋아한 건 너한테 고마운 일이잖아."

서아의 말에 고개를 끄덕이던 민우가 물었다.

"즈 박사님한테 왜 가는 거야?"

서아는 망설이다가 꿈에서 모차르트를 만난 것과 가사 쓸

때 도움받은 얘기를 했다.

"와, 대박이다. 빈에서도 너 혼자 교향곡 40번을 들었다고 하더니, 진짜 굉장하다."

"내가 매일 교향곡을 듣고 〈작은 별〉도 틈틈이 들었거든. 그리고 모차르트와 교신하고 싶다고 노래를 불렀더니 꿈에 나타난 거야. 그래서 조 박사님께 이런 현상에 대해 여쭤보고, 선물도 드리려고."

"그렇구나. 나는 《호밀밭의 파수꾼》을 재미있게 읽고 맨해튼에서 홀든이 다닌 곳을 가보기도 했어. 나도 홀든을 만나게 해달라고 막 말해 볼까?"

"주인공 홀든? 소설을 쓴 샐린저가 아니라?"

"샐린저는 살아 있을 때도 몇십 년 동안 사람들을 만나지 않았어. 그런데 죽었으니 더 움직이지 않을 거 아니야. 모차르트는 여섯 살 때부터 연주하느라 유럽 전역을 돌아다녔으니 서울까지 오는 거지. 샐린저 대신 뉴욕을 두루두루 돌아다닌 홀든을 만나자고 해야 확률이 높아질 거 같아."

서아는 민우와 얘기할 때 속이 시원했다. 그동안 민우를 멀리하면서 불편했던 마음이 다 날아가는 듯했다.

조우현 박사님은 서아와 민우를 반갑게 맞아주었다.

"아까 선녀가 전화해서 외출도 안 하고 너희를 기다리고 있었어. 우리 아가들 잘해주라고 어찌나 당부하는지. 선녀는 못

말려.”

‘아가’라는 말에 서아와 민우가 민망해하며 키득키득 웃었다. 서아는 모차르트 초콜릿과 비누를 선물로 드렸다.

“와, 선녀 제자들은 천사네. 내가 기업 후원으로 여러 팀 여행 보냈는데 이렇게 찾아와서 선물 준 건 오라중학교 학생이 처음이야. 감동이야. 고마워.”

작은 선물에 진심으로 기뻐하는 조우현 박사님에게 서아가 더 감동했다. 서아는 빈에서 모차르트 음악을 들은 일과 꿈에서 그를 만난 일, 모차르트가 말한 가사를 자신이 노트에 받아적은 일을 털어놓으며 이 현상이 궁금해서 찾아왔다고 말했다.

“와, 멋진 경험을 했구나. 충분히 가능한 일이야. 꿈은 기본적으로 낮에 경험한 정보들이 뇌에서 재처리되는 과정이야. 서아가 모차르트 생각을 많이 한 데다 잠자기 전에 모차르트 음악까지 들었으니 꿈에 나타난 거야. 청소년기 뇌는 감정과 관련된 영역이 매우 활발해서, 강한 관심사나 좋아하는 대상에 대한 기억이 생생하기 꿈으로 나타날 수 있어.”

서아는 가슴이 마구 부풀어 오르는 것 같았다. 민우도 집중해서 들으며 오늘부터 홀든을 더 많이 생각하기로 했다.

“청소년기는 무한한 가능성을 지닌 시기야. 노력 대비 결과가 정비례하지. 나이 들수록 비율이 점점 떨어지니 지금 많이 누려. 청소년기에 효율적으로 열심히 하면 어마어마한 결과를 얻을 수 있다는 얘기야.”

천재를 연구하는 조 박사님의 말이어서 더 신뢰가 갔다. 서아는 한 마디도 놓치지 않고 기억하려고 애썼다.

“훌륭한 사람들을 따라 하고 좋은 생각을 많이 하는 게 좋아. 원하는 일이 있으면 매일 소리쳐 봐. 긍정적인 말을 하면서 열심히 하면 반드시 이뤄져.”

조 박사님은 학교에서 강연할 때처럼 노력과 인내를 강조하였다.

“이제부터 작곡해야 한다고? 아마 작곡할 때 더 놀라운 일이 생길 거야. 갑자기 어디선가 선율이 들려와서 그걸 따라 적었다는 작곡가들이 종종 있어. 특히 기독교 음악을 하는 CCM 작곡가 가운데 꿈에서 들은 선율을 그대로 옮겼다는 이들이 많아. 그 사람들은 하나님이 들려줬다고 하던데, 충분히 가능한 일이야. 평소 하나님을 경외하며 교회 음악을 많이 들었을 테니까. 천상에서 들리는 듯 아름답고 뭉클한 선율들은 대개 영감받아 순식간에 작곡한 곡들이거든. 서아도 꿈속에서 그 가사가 좋은 가사라고 생각해서 비몽사몽간에 노트에 적었을 거야. 집중하면서 마음을 모으면 앞으로도 기적적인 일이 많이 생길 거야.”

조우현 박사님의 말에 서아가 고개를 크게 끄덕였다.

“멋진 곡 만들길 바랄게. 좋은 생각 많이 하고 열심히 노력해. 그러면 신나는 일들이 벌어질 거야. 합창 대회 때 나도 오라중학교에 갈게. 선녀가 그날 심사하라고 해서 말이야.”

서아는 조우현 박사님께서 오신다고 하니 더 떨렸다. 돌아오는 길, 민우는 가슴이 벅차다고 했다.

“네 덕분에 좋은 말씀 많이 들어서 힘이 나. 오늘 내가 떡볶이 쏠게. 같이 가자.”

서아도 활짝 웃으며 고개를 끄덕였다. 더 이상 민우를 피하지 않아도 되어 홀가분했다.

3장

12. 교복 입은 모차르트

서아는 조우현 박사님을 만난 후 모차르트와 만난 게 우연이 아니라고 생각했다. 그만큼 소망했고, 간절했기에 그를 만났다는 생각에 더 열심히 모차르트를 떠올리고 부지런히 검색했다.

그러다 '13세 모차르트의 초상화'가 프랑스 파리에서 경매에 부쳐졌다는 기사를 발견했다. 기사를 읽던 서아는 폭소를 터트렸다. 꿈에서 만났을 때처럼 흰색 가발과 빨간 플럭 코트 차림이었기 때문이다.

다음에 만날 때 모차르트도 교복 차림이면 좋겠다는 생각이 들었다. 서아는 교복 몰에서 미색 블라우스에 체크무늬 리본, 연회색 재킷과 체크무늬 치마를 눈이 빠지도록 봤다. 모차르트의 교복은 미색 와이셔츠에 체크무늬 넥타이, 연회색 재킷과 짙은 회색 바지로 구성했다.

서아는 교복 몰에서 눈여겨본 교복을 입고 학교에 가고 싶었다. 오라중학교의 교복이 실용성만 너무 강조하고 미적 감각이 없는 평범한 모양이어서 마음에 들지 않았다. 오라중학교에 대한 유일한 불만이 바로 교복이었다.

그날 밤, 서아는 침대에 누워 교복 몰에서 본 교복 차림의 자신과 모차르트를 떠올렸다. 그런 다음 교향곡 40번을 들으며 간절하게 "모찰, 오늘 꼭 나를 찾아와줘."라고 읊조렸다.

서아가 예쁜 교복 차림으로 넓은 잔디밭으로 가자 모찰이 활짝 웃으며 맞아주었다.

"와, 귀엽다. 학교 옮겼어? 지난번 교복보다 훨씬 예쁜데?"

"아니, 오늘만을 위한 교복이야. 네 것도 가져왔어."

서아가 내민 교복에 탄성을 지르던 모찰이 화장실에서 교복으로 갈아입고 왔다. 가발을 벗으니, 귀밑까지 내려오는 금발이 찰랑거렸다.

'와, 모찰, 그러니까 진짜 열세 살 같아. 우리 네컷 사진도 찍고, 떡볶이도 사 먹고, 재미있게 놀자. 사람들이 너를 보면 국제학교 다니는 애라고 생각할 거야. 요즘 우리나라에 외국인 학생들이 많아서 아무도 안 쳐다보니까 신경 쓰지 말고."

"아, 진짜? 괜히 나무 뒤에 숨어서 누구 눈에 띌까 봐 걱정했네."

서아와 모찰이 공원을 벗어나 먹자 골목으로 들어갔다. 모찰이 슬쩍 서아의 손을 잡았고, 서아는 조금 놀랐지만 가만히 있었다.

"떡볶이가 조금 매울 텐데. 하지만 한국에 왔으니 대표 간식은 먹어봐야 할 거 아냐. 좀 덜 맵게 해달라고 하면 되니까. 지금 우리나라 불닭볶음면이 세계적으로 인기가 높아. 오스트리아에서도 우리나라 라면이 인기야. 빈에 갔을 때 보니까 한국 식당도 있더라."

"와, 예전에는 유럽 사람과 아시아 사람들의 교류가 거의 없었는데. 정말 엄청난 세상이 펼쳐지고 있어."

모찰은 서아가 조금 덜 맵게 만들어달라고 부탁한 떡볶이를 힘들어하면서도 잘 먹었다. 카페에서 아이스크림을 먹을 때 서아는 모찰에게 완성한 가사를 보여주었다. 모찰은 찬찬히 읽어보면서 고개를 끄덕이더니 흥얼거리기 시작했다. 경쾌하면서 톡톡 튀는 가락이 금방 귀에 익었다.

"너의 가사를 보니 악상이 막 떠올라."

모찰의 흥얼거림을 따라 하던 서아도 금방 그 가락을 따라 불렀다.

"〈작은 별〉은 프랑스 민요 〈아! 말씀드릴게요, 어머니〉의 가락에 영국 시인 제인 테일러의 시를 노랫말로 붙인 거야. 나는 그 가락으로 12개의 변주곡을 만든 거고."

"맞아, 나도 인터넷에서 봤어. 한글 가사는 영어 가사에서 더 바뀐 거더라."

"마지막에 '모두 모여 정답게 반짝반짝 비치네' 이게 C 코드로 끝나잖아. 〈큰 별〉을 C 코드로 시작하면 자연스럽게 연결되겠지.”

그러면서 모찰이 흥얼거리기 시작했다. 서아는 바로 이해가 됐다. 서아는 모찰과 함께 노래하며 어느새 〈큰 별〉 작곡을 끝냈다.

“아 맞다. 지금 우리가 부른 거, 이걸 핸드폰에 녹음해야겠다. 네가 산 세상에는 이거 없었지? 이거 하나면 전 세계로 연결되고, 사진도 찍고, 녹음도 되고, 만능이야.”

‘부러워. 세상이 너무 편해졌어. 하지만 내가 살던 때는 그때대로 낭만이 있었어. 헤어질 때 다음 약속을 하고, 그날을 손꼽아 기다리다가 만나고, 다시 약속하고 그랬지. 마음속의 얘기를 전하고 싶으면 종이에 편지를 써서 보냈어.”

서아는 모찰의 말에 고개를 끄덕였다. 모차르트 하우스에서 본, 모차르트가 난네를 누나에게 보낸 편지가 생각났다.

“음악을 작곡할 때나 글을 쓸 때 마구 수정할 수 없으니 신중하게 생각하고 종이에 차근차근 옮겨 적었지. 속도는 느렸지만, 격조가 있었어.”

모찰의 말을 들으며 서아는 속도가 너무 빨라 숨 가쁜 세상이 좋기도 하지만 버겁다는 생각도 들었다.

“유럽 투어를 다닐 때 뭘 타고 다니는 거야? 그때 애들도 다른 나라를 많이 방문했어?”

“마차를 타고 다녀. 유럽은 나라마다 다 연결되어 있어서 마차로 다닐 수 있었어. 그때 해외를 나갈 수 있는 사람은 아주 드물었지만, 내가 음악에 재능이 있다는 걸 알고 아버지께서 기회를 많이 만들어주셨어. 여러 나라를 돌며 연주도 하고 훌륭한 음악가들에게 배울 기회도 주셨어. 정말 감사하지."

모차르트와 누나 난네를을 위해서 정성을 아끼지 않은 아버지가 정말 훌륭하다고 생각했다.

"요즘 K팝이 유명하다던데?"

"맞아, K팝이 대세야."

서아는 〈케이팝 데몬 헌터스〉의 세계적인 열기, BTS와 블랙핑크가 꿈의 무대라는 영국 웸블리 스타디움에서 6만 명의 환호를 받으며 노래한 걸 차례로 얘기했다.

"와, 6만 명? 대단하다. 우리는 궁정이나 오페라 극장이 고작인데. 정말 놀랍고 부러워."

"무슨 소리야. 모찰의 음악은 지금까지 전 세계 사람들이 즐겨 듣고 최고의 연주가들이 공연장에서 연주하는데. 우리나라에 조성진 오빠라고 세계적인 피아니스트가 있는데, 모찰의 탄생 265주년인 2021년에 '모차르트 연주 모음 앨범'을 냈어. 그때 세계 최초로 미발표곡을 포함했어."

"아, 그래? 무슨 곡이지?"

"알레그로 D 장조, 17세 때 작곡한 것으로 추정된대."

"와, 고맙네."

둘은 270년이라는 시차를 두고 클래식과 K팝 얘기로 꽃을 피웠다.

"너랑 같이 K팝 공연 보고 싶다."

"그래? 방송국 가요 프로그램 티켓 구해볼게. 광클해서 꼭 성공할게."

서아는 광클을 설명하면서 티켓 구하기가 얼마나 힘든지에 대해 말했다.

서아와 모찰은 함께 작곡한 곡을 흥얼거리며 거리 구경을 했다. 새벽이 희뿌옇게 밝아올 때쯤 모찰이 떠나면서 서아의 볼에 살짝 뽀뽀했고, 서아의 가슴에는 따스함이 몽글몽글 퍼져나갔다.

13. 2반 연주승의 계략

아침에 핸드폰 녹음 기능을 열었을 때 모차르트와 함께 흥얼거린 곡이 그대로 녹음되어 있어 서아는 탄성을 질렀다. 안타깝게도 모차르트의 음성은 들리지 않고 서아의 음성만 녹음되어 있었다. 그래도 〈큰 별〉이 끝까지 녹음되어 있어서 가슴이 터질 것 같았다. 꿈꾸면서 무의식중에 녹음 버튼을 누른 게 분명했다.

서아는 환하게 웃으며 더 세게 텔레파시를 보내면 분명 더 멋진 일이 일어날 것 같은 예감에 기분이 좋아졌다.

서아는 경쾌하면서 귀에 쏙쏙 들어오는 곡을 흥얼거리며, 세수하고 식탁에 앉았다.

"무슨 노래야? 굉장히 좋은데?"

엄마가 상을 차리면서 칭찬했다.

"내가 모찰하고 같이 작곡한 거야. 우리 합창 대회 창작곡이야."

"모찰이 누구야? 이름이 특이하네."

“아, 있어. 내 친구야. 엄마, 이 노래 정말 좋아?”

엄마는 금방 따라 하면서 케이팝 춤을 흉내 내기까지 했다.

“춤까지 나온다고? 와, 대박인데. 창작곡은 춤도 춰야 하거든.”

“너희 학교 교장선생님 너무 유난이시네, 했는데 활기찬 너를 보니 엄마도 선녀 쌤 팬 되겠어. 엄마들이 선녀 쌤 팬클럽 만든대. 애들이 사춘기인데 말도 잘 듣고 신나게 학교 잘 다닌다고.”

서아는 엄마 말에 힘이 났다. 일단 점심시간에 민우에게 먼저 들려주기로 했다. 그런 뒤 방과 후 셋이 만나 수정하면 될 것 같았다.

정후가 친구들과 〈작은 별〉 파트를 나누고 준비를 잘할 테니, 예서민은 창작곡 작곡에 전념하라고 말했다. 초희가 피아노를 치면 되니까 〈작은 별〉 연습은 걱정하지 말라면서. 점심시간에 서아는 운동장 벤치에서 민우에게 모찰 만난 얘기를 하다 녹음된 음악을 들려주었다.

“와, 대박. 진짜 신기하다. 모차르트가 또 왔다고? 나는 어젯밤에 눈을 비비며 《호밀밭의 파수꾼》을 읽다가 잤는데 홀든은커녕, 샐린저도 안 나타나던데. 샐린저는 그러려니 한다지만 홀든 형은 너무해.”

서아와 민우는 대화에 취해 계단 위에서 예지가 지켜보는

걸 눈치채지 못했다. 서아와 민우가 활짝 웃으며 하이 파이브
를 하고, 함께 핸드폰을 들여다보는 모습에 예지의 얼굴이 폭
발할 것처럼 붉어졌다.

달려가서 서아를 확 밀쳐버리고 싶은 심정이었다. 엄마와
피아노에 억눌려있는 자신에게 처음으로 밝은 기운을 안겨준
민우를 가로챈 서아가 너무도 미워 분노가 이글이글 타올랐
다. 오스트리아에 가기 전 자신에게 친절했던 민우가 서아와
꽁냥꽁냥하는 모습에 피가 거꾸로 솟는 것 같았다.

빈에서 서아가 민우를 따라다니며 잘 보이려고 여우짓 한
게 분명해 보였다. 당장 서아의 뺨을 때리고 싶지만, 그러면
민우가 자기를 싫어할지도 몰라 더 분통이 터졌다. 화가 나서
발을 동동 구르고 있는데 누가 등을 톡톡 쳤다. 뒤를 돌아보
자, 민우보다 키가 더 크고 잘생긴 남자가 서 있었다. 예지는
자신도 모르게 가슴이 툭 떨어졌다.

"너 1반 임예지지? 나는 2반 연주승인데 합창 대회 준비 잘
돼가? 근데 왜 여기 있어? 저기 벤치에서 얘기하는 애들 너하
고 같은 앙상블 아냐?"

예지는 무엇에 이끌린 듯 고개를 끄덕였다.

"와, 쟤들 그림 좋은데."

주승이 핸드폰으로 서아와 민우의 사진을 계속 찍었다. 둘
이 고개를 맞대고 핸드폰을 보는 모습, 웃다가 서로 어깨를
치는 모습, 하이 파이브 하는 모습이 마구 찍혔다.

"이거 올리면 조회 수 장난 아니겠어. '열심히 준비하는 1학년 1반 앙상블 팀, 오라중 합창 대회 파이팅!' 제목 어때? 선녀 쌤도 좋아하실 거야. 다른 반 응원하는 거니까."

예지는 주승의 말이 이해되기도 하고, 이해되지 않기도 했다. 다른 반에서 관심을 갖는 거니까 응원하는 게 갖는데, 말투는 놀리는 것처럼 들렸다.

"설마 재들이 너 왕따시키는 거야? 선녀 쌤이 절대 하지 말라는 걸? 너도 예서민 앙상블 멤버잖아. 점심시간에 너 빼고 둘만 알콩달콩. 와, 이거 선녀 쌤한테 고발해야 할 건인데, 그렇지 않아?"

예지는 주승의 말이 또 알쏭달쏭했지만 자기를 배제하고 둘만 만났으니, 왕따가 틀림없다는 생각이 들었다. 자신에게는 점심시간에 만나자는 말을 하지 않다니, 갑자기 화가 치솟았다.

어제 민우가 달려 나가 서아와 함께 조우현 박사님을 만난 게 분명했다. 달라진 둘 사이에서 뭔가가 시작되는 느낌이 들었다. 예지의 얼굴이 달아오르면서 갑자기 숨이 가빠 왔다.

"오늘 수업 마치고 연습해?"

주승의 질문에 예지가 고개를 끄덕였다. 그러자 주승이 얼굴을 가까이 대고 말했다.

"오늘 너 빠져. 이 사진 내가 전송해 줄 테니까 사진 보내면서 '둘이 잘해봐. 내가 없으니 더 화기애애하네.' 이렇게 써 보내. 그러면 쟤들이 좀 정신 차리겠지. 가만히 놔두면 앞으로도 계속 너를 왕따시킬걸?"

주승의 말이 맞는 것 같았다. 예서민 앙상블은 하나라고 했으면서 둘만 속닥거리고 킬킬거리다니, 예지는 화가 나서 견딜 수 없었다.

"오늘 수업 마치고 학교 앞 치킨집으로 와. 내가 쏠게. 우리 반 진행 상황도 알려줄게. 내가 우리 반 합창 대회 총연출이거든. 너도, 나도 합창 대회 잘 이끌어보자. 오케이?"

주승이 손을 들자, 예지는 얼떨결에 하이 파이브를 했다. 서아와 민우에게 어떤 식으로든 충격을 줘야겠다는 생각이 들었다. 예지는 오늘 연습에 나가지 않기로 마음먹었다.

서아와 민우가 음악실에서 아무리 기다려도 예지는 오지 않았다. 전화를 걸었지만 받지 않았다. 둘은 서아의 핸드폰에 녹음된 곡을 옮겨적으며 가사와 맞추는 작업을 했다.

"후렴에 훅송을 넣자. 비트를 좀 더 넣어서 아예 중독성 있게."

민우의 제안에 서아도 고개를 끄덕였다.

"예지도 함께 해야 하는데, 무슨 일이 있나. 내일 들어보고 좋으면 예지도 찬성하겠지. 예지가 다른 의견을 내면 반영하고. 태주가 빨리 완성하라고 날마다 채근이야. 안무 짜야 한다고."

민우의 말에 서아도 별걱정을 하지 않았다. 나중에 예지의 의견을 반영하면 된다고 생각했다.

다음 날, 등교한 서아는 너무도 놀라서 입이 다물어지지 않았다. 오라중학교 전교생이 가입한 '오라광장'에 1학년 1반 〈큰 별〉의 가사가 버젓이 올라와 있었다. 선녀 쌤이 학교에 불만이 있으면 언제든 의견을 개진하라며, 누가 무슨 글을 써도 아이피 추적을 하지 않으니 안심하라며 만들어준 공간이었다.

창작곡은 발표 당일까지 가사와 곡이 절대 유출되지 않아야 하는데, 일어나면 안 되는 일이 벌어진 것이다. 그와 함께 서아와 민우가 고개를 맞대고 있는 사진과 하이 파이브를 하는 사진도 올라와 있었다. 사진 아래에는 '오, 그림 좋은데', '가사 쓰다가 사랑이 싹텄나'라는 댓글이 달려 있었다. 뒤이어 등교한 민우도 가사와 사진을 보고 얼굴이 흙빛이 되었다.

가사를 알고 있는 사람은 예서민 앙상블 세 사람뿐이니 예지가 유출한 게 분명했다. 서아는 예지가 어제 연습에 나오지 않은 이유를 알 것 같았다. 예지가 화난 이유도 짐작됐다. 민우가 친구로 지내자고 한 것과 서아도 그 사실을 알게 된 일이 모두 마음에 들지 않았을 것이다. 아무리 화가 났기로서니 가사와 사진을 유출하다니, 그냥 넘어갈 문제가 아니었다. 민우도 화난 얼굴로 입을 꾹 닫고 있었다.

1반 총연출 최정후가 교실로 들어오면서 고함쳤다.

"가사를 공개하면 어떡해. 이거 누가 이런 거야. 이서아, 박민우, 너희들이 그런 거야?"

둘이 아무 대답도 하지 않자 마침 들어오던 예지를 보고 정후가 버럭 소리 질렀다.

"야, 너 스파이야? 너 1반 아냐? 왜 우리 반에 불리한 짓을 해. 빨리 곡을 완성해야 하는데 왜 훼방을 놓냐고."

정후가 핸드폰을 코앞에 들이밀자 어리둥절해하던 예지가 흡, 소리를 내며 손으로 입을 막았다.

"쇼하고 있네. 놀란 척한다고 네 죄가 없어져? 와, 선녀 쌤이 단합하라고 합창 대회를 개최하시는 건데, 이거 뭐야? 너 완전 엑스맨에 빌런이네. 이러는 이유가 뭔데!"

예지는 연주승의 짓이라는 걸 깨닫고 속이 부글부글 끓었다. 도저히 내키지 않아 예서민 연습 대신 치킨집에 가긴 했다. 주승이 꼭 오라고 문자를 한 데다 어쩐지 가고 싶은 마음이 들었기 때문이다.

치킨집에 마주 앉았을 때 주승이 창작곡 진행을 계속 캐물었다. 예지가 가사는 완성됐다고 하자, 자꾸만 보여달라고 했다. 예지는 가사를 찾아서 보여주려다가 바로 중단했다. 혹시 가사를 표절할 수도 있다는 생각에서였다. 잠시 화장실에 다녀왔는데, 주승이 그 가사를 재빨리 자신의 핸드폰으로 옮긴 것 같았다.

그 이후 주승은 더 이상 가사 보여달라는 말을 하지 않았고,

그때부터 계속 긴우와 서아 얘기를 하며 예지의 화만 돋웠다. 주승의 짓이 분명했지단, 그 얘기를 할 수는 없었다. 예지는 자신이 유출하지 않았지만, 그렇다고 주승의 행동을 확인한 것도 아니니 무조건 잡아떼기로 했다. 가슴은 콩닥콩닥 뛰었지만 애써 태연한 척했다.

"너 스파이냐고. 가사 작업 다 새로 해야 하잖아. 이게 뭐 하는 짓이냔 말이야."

정후가 손가락을 휘저으며 다그쳤다. 반 친구들이 다 예지만 바라봤다.

"내가 그랬다는 증거 있어? 내가 그럴 이유가 있어?"

예지가 당차게 말하자 정후가 움찔했다. 그때 교실로 들어오던 초희가 말했다.

"예지가 안 그랬으면 2반 주승이가 그랬을까? 너 어제 주승이하고 치킨 먹더라. 치킨집 옆 떡볶이집으로 가다가 둘이 앉아 있는 거 봤어."

갑자기 아이들이 웅성거리기 시작했다. "맞네.", "자기가 했거나 주승이에게 넘겼거나, 둘 중 하나네." 하는 소리가 들렸다. 예지는 분명히 하지 않았지만, 더 할 말이 없었다. 자리로 가서 가만히 앉아 있었다.

그대로 달려 나가고 싶었지만, 그러면 내일 등교할 수 없을 것 같았다. 엄마한테 닦달당하는 것보다 학교에서 친구들의 놀림감이 되는 게 더 낫다는 생각으로 꾹 참았다. 증거가 없으니, 얘기는 더 진전되지 않았다. 민우가 학교 사이트 담당 직원에게 말해 가사와 사진을 내리면서 소란은 가라앉았다.

수업을 마친 후, 정후가 강단에 올라가서 말했다.

"유감스럽게도 창작곡 가사가 유출됐어. 잠깐 봤지만, 엄청 잘 썼던데. 좀 피곤하겠지만 다시 가사 작업을 해줘. 비슷한 톤으로 쓰면 될 것 같아. 발표하는 날까지 철저히 보안을 유지해야 해. 이 사태를 거울삼아 매사 철저히 하자. 아침에 예지한테 심하게 말한 거 사과한다. 하지만 2반 총연출을 만난 건 의심의 여지가 충분해. 다른 반 친구들과도 친하게 지내야 겠지만 대회 당일까지는 모두 조심하길 바라."

학우들에게 주의를 주는 것으로 일단 사태를 잠재웠다.

정후가 민우를 복도로 불러냈다.

"연주승 만나서 따끔하게 한마디 하려고. 그냥 넘어가면 안 될 거 같아. 너랑 같이 갔으면 해. 나는 총연출 자격으로, 너는 앙상블 일원으로."

"나도 따로 만나서 주의를 줄 생각이었는데, 잘 됐다."

둘은 바로 옆 2반 교실로 향했다. 총연출인 연주승이 2반 아이들 앞에서 얘기하는 중이었다. 정후와 민우가 노크도 없이 문을 열어젖히고 들어서자, 주승은 당황한 표정을 지었다. 하지만 곧 목소리를 가다듬고 말했다.

"무슨 짓이야. 지금 우리 연습 중이니까 할 말 있으면 끝나고 해. 당장 나가.”

그러자 정후가 코웃음을 치며, 강단 위로 발소리를 저벅저벅 내며 올라갔다. 연습을 멈춘 2반 아이들이 일제히 정후와 민우를 바라봤다. 주승은 안절부절못하며 두 사람의 팔을 잡아끌었다. 주승의 팔을 탁 뿌리친 정후가 교탁 앞에서 큰 소리로 말했다.

“오늘 오라 광장에 우리 1반 창작곡 가사가 유출된 거 너희들도 봤지? 놀리는 댓글도 달렸던데, 이 중에 댓글 단 사람도 있겠지. 그 가사를 유출한 사람이 연주승이라는 거, 너희들 알고 있었니?”

그 순간 악! 소리와 함께 탄식이 흘러나왔다.

“선녀 쌤이 우리가 더 친해지고, 정정당당하게 대결하는 정신을 기르라고 교내 합창 대회를 개최하는 건데 비겁하게 가사를 빼돌려서 유출해? 우리 반이 우승 후보라고 소문이라도 났나? 우리 반만 아니면 2반이 우승할 거라고 생각하는 건가? 1반 총연출로서 2반 총연출에게 실망과 유감을 표하는 바이다. 비겁하게 이기는 것보다 정정당당하게 싸우는 게 중요하다는 걸 2반이 알면 좋겠어.”

주승이 옆에서 양팔로 X자를 그리며 고개를 좌우로 흔들었지만, 2반 아이들은 혼돈에 빠진 표정이었다. 그때 민우가 입을 열었다.

“우리는 유출된 가사 그대로 갈 거니까, 우리 가사를 표절할 생각하지 마. 연주승, Act like a gentleman! 가사 유출로 마음 상한 친구가 있다는 걸 꼭 기억하고 그 친구에게 나중에라도 사과해. 연주승, Honesty is the best policy! 정직이 최상의 방책이라는 것도 명심해.”

정후와 민우가 천천히 걸어 나오는데 늘 주승과 어울려 다니던 병모가 소리쳤다.

“연주승, 쫄지 마! 전쟁할 때 다양한 작전을 구사하는 건 당연한 일이야. 《손자병법》 만화에 ‘변칙을 써서 승리하는 법’이 많이 나와. 병법이란 원래 적을 속이는 거니까. 힘보다 모략이지. 주승이의 행동은 우리 반을 위한 전략일 뿐 잘못한 게 아니야.”

교실을 나오던 정후가 민우에게 기가 막힌다는 표정으로 말했다.

“병모, 재, 하나는 알고 둘은 모르네. 일단 정공법으로 대적해 교착시킨 다음에 변칙을 쓰는 게 손자병법인데. 할 말을 했으니 이제 우리 할 일만 열심히 하자.”

“Go all out! 그래 최선을 다하자. 그것만 생각해!”

민우는 활짝 웃는 정후의 등을 두드려주고 예서민 앙상블 모임을 위해 연습실로 향했다.

14. 너 엑스맨이야? 빌런이야?

서아와 민우가 먼저 와 있을 때 예지가 주춤주춤 들어왔다. 서아는 너무도 화가 났지만, 가만히 있었다. 예지는 일부러 고개를 빳빳이 들었다. 주승을 만났지만 자기가 잘못한 건 없다는 생각에서 당당하기로 한 것이다.

"가사를 고쳐야겠네."

서아가 힘없는 목소리로 말하자, 민우가 그럴 필요 없다고 했다.

"방금 정후하고 2반에 다녀왔어. 연주승에게 단단히 주의를 줬고, 사이트에 이미 공개된 가사니까 누구든 표절할 생각하지 말라고 경고했어. 공개로 인해 우리 가사가 확정된 거니까, 아무도 못 따라 해."

민우의 말에 서아의 얼굴이 밝아졌다. 예지는 주승이 자신의 핸드폰에서 가사를 훔친 게 확실해지자 더 힘이 빠졌다. 그렇다고 만나서 따지고 싶지도 않았다. 주승의 계략에 넘어간 게 억울할 따름이었다. 자기가 먼저 보여주지 않았다는 걸

로는 위로가 되지 않았다. 무엇보다도 그걸 아이들에게 밝히는 일도 구질구질했다.

"예지야, 서아가 작곡했는데, 굉장히 좋아. 너도 들어보고 의견을 내봐."

민우의 말에 예지는 어제 점심시간에 둘이 즐거워하던 모습이 떠올랐다. 그 생각을 하니 부아가 치밀었다. 둘 사이에서 무슨 말이 오갔을지 짐작이 갔다. 민우가 자신과 사귄 적 없다는 걸 이제 서아도 알았을 것이다.

'과연 서아에게도 나한테 말한 것처럼 친구로 지내자고 했을까? 저렇게 친밀한 걸 보면 둘이 사귀는 거 같은데.'

그런 생각이 들자, 예지의 마음이 마구 요동쳤다. 민우와 서아가 마주보며 웃자 예지는 더 이상 참지 못하고 자리에서 벌떡 일어나 밖으로 나갔다. 민우와 서아가 자신을 잡지 않는 것에 더욱 화가 났다.

예지가 나가버리자 민우가 "웁스!" 하고 외치며 양팔을 들었다. 어이없는 표정을 짓던 민우가 갑자기 달려 나가 예지의 뒤통수에다 대고 소리쳤다.

"오늘 곡을 확정할 건데 네가 참여하지 않았으니 내일 와서 왈가왈부할 자격 없다는 거 명심해."

잠시 멈칫하던 예지는 그대로 가버렸다.

"예지가 앙상블을 하지 않겠다고 하면 어쩌지? 분위기가 싸한데."

서아의 말에 민우가 묵묵히 있다가 말했다.

"우리가 영재 스쿨에 다녔다고 해서 대단한 실력이 있는 것도 아니고, 초희가 피아노를 좀 친다고 하니 안 되면 초희랑 해야지, 뭐. 최선이 안 되면 차선책으로 밀어붙여야지."

차선책, 서아는 그렇게 읊조리면서 고개를 좌우로 흔들었다. 민우는 못 봤지만.

집으로 돌아와 피아노 연습을 하던 예지의 머릿속에 아이들의 목소리가 마구 오갔다. 정후가 "너 엑스맨이야? 빌런이야?"라고 소리치던 음성에 아이들의 수군거리던 소리, 서아와 민우의 마뜩잖은 표정이 일렁였다.

자기가 없는 데서 아이들이 얼마나 많은 말을 할지 생각만 해도 끔찍했다. 잘생긴 연주승에게 휘둘려 방심했던 것, 자칫 먼저 가사를 보여줄 뻔했던 것까지, 모든 게 허술했다는 생각이 들었다. 이 모든 게 민우와 서아에 대한 질투심에서 비롯됐다는 건 움직일 수 없는 사실이었다.

수치심이 확 몰려오는가 싶더니 갑자기 구토가 나왔다. 예지는 대회를 앞두었을 때의 증상이 나타나자, 식은땀이 주르르 흘렀다. 갑자기 건반을 주먹으로 쾅쾅 내리쳤다.

엄마가 저녁 모임에 가면서 열심히 연습하라고 당부했지만, 예지는 피아노 뚜껑을 닫고 침대에 누웠다. 그냥 모든 게 다 싫었다. 내일 학교도 갈 수 없을 것 같았다. 오늘은 가까스로 견뎠지만 다시 아이들을 볼 용기가 나지 않았다. 침대에 엎드린 예지의 어깨가 들썩이기 시작했다.

다음 날, 예지가 결석했다. "얼굴 들고 학교 오기 힘들겠지.", "어제는 낯짝이 두껍더니 하루 만에 얇아졌나?"라는 말이 들려왔다. 서아가 예지에게 전화해 보았지만 받지 않았다. 해나 쌤에게 혹시 연락이 왔는지 묻자, 예지가 가족여행 때문에 며칠 못 나온다는 문자를 보내왔다고 했다.

아무리 생각해도 이상했다. 학기 중에 가족이 여행을 간다는 게 이해되지 않았다. 지난번 빈 여행 때 예지가 분명히 "피아노 연습을 닷새 동안 빠질 수 없어 못 간다."라고 했는데. 그리고 어제 그 일이 있고 난 후여서 모든 게 부자연스러웠다. 서아는 하루만 더 기다려보기로 했다.

방과 후, 민우와 함께 〈큰 별〉을 계속 다듬었다.

"와, 진짜 마음에 들어. 도입부는 〈작은 별〉에 이어 경쾌하면서 차분하게 시작하다가 후렴에 와서 귀에 쏙쏙 박히는 훅송이 휘몰아쳐 종일 귓가를 맴돌아. K팝 가수가 바로 불러도 될 것 같아."

"와, 그 정도야? 역시 모찰이 도와줘서 그런 것 같아. 네가 마음에 든다니 정말 좋다. 빨리 예지까지 합류해서 완성하면 좋겠는데."

서아의 말에 민우가 고개를 저었다.

“내가 어제 분명히 경고했잖아. 더 이상 예지 신경 쓰지 말고 우리끼리 완성하자. 지금 시간이 없어. 벌써 안무까지 완성해서 연습하는 반도 있던데.”

민우의 차가운 반응에 서아는 입을 다물었다. 초등학교 3학년 때 예지의 밝고 당당하던 모습이 눈에 어른거렸다. 그때와 달리 위축된 데다 어딘가 쫓기는 듯한 예지가 마음에 걸렸다.

‘내가 좋아한 천재, 내가 부러워한 천재, 예지가 쪼그라드는 게 싫어.’

서아는 속으로 그렇게 중얼거렸다. 실패의 쓴맛을 아는 서아는 나타나지 못하는 예지의 마음을 알 것 같아 더 마음이 쓰였다.

예지가 사흘째 학교에 오지 않은 날, 서아는 선녀 쌤을 찾아갔다. 활짝 열린 교장실에서 선녀 쌤이 서아를 반갑게 맞아주었다.

“오, 우리 바이올리니스트 왔구나. 조 박사가 선물까지 들고 인사하러 온 천사를 만났다며 아주 좋아하더라. 내 어깨가 으쓱했지.”

선녀 쌤이 엄지손가락을 치켜들었다.

“근데 우리 천사 표정이 왜 이렇게 어두워? 뭐 걱정 있어?”

서아는 가사 유출 소동에 대해서는 말하지 않고 예지가 학교에 오지 않은 게 좀 석연치 않다고 말했다.

"선녀 쌤, 오라중학교에 온 게 너무 좋지만, 예지도 저도 예
술중학교에 지원했다가 낙방했어요. 저도 아직 마음 한편이
좀 무거운데, 예지는 더 많이 아플 거라고 생각해요."

서아는 예지가 천재 소리를 들을 정도로 탁월했다는 것과
그냥 예지가 마음에 걸리는데 해결할 수 없어서 선녀 쌤을 찾
아갔다고 말했다.

"친구를 이렇게 걱정하다니, 너 정말 천사구나."

서아는 황급히 손사래를 쳤다.

"그건 정말 아니에요. 어쩌면 제가 편하려고 그러는 건지도
몰라요. 어릴 때 천재 소리를 듣던 예지를 제가 동경했거든
요. 나의 히어로가 힘이 없으니 저도 힘이 빠져요. 예지가 정
말 여행을 갔을 수도 있고, 아무 일이 아닐 수도 있어요."

선녀 쌤은 "나를 한 번 믿어봐."라고 말하며 서아의 등을 두
드려주었다. 교장실을 나설 때 선녀 쌤이라면 얽혀있는 관계
를 풀어줄 거라는 확신이 들었다.

찜찜한 마음이 활짝 개어 예지가 가뿐하게 돌아오길 기대
했다.

15. '스퀘어' 선녀 쌤의 아픔

선녀 쌤은 학생 데이터베이스에 접속해서 '임예지'에 대한 정보를 모두 살펴봤다. 예지 엄마 이름이 어쩐지 낯익었다. 그런 데다 자신과 동갑이었다.

"흠, 중학교 동창 이자희가 틀림없어. 엄청 부잣집 딸에다 좀 예쁘고 노래 잘해서 잘난 척 대마왕이었는데."

선녀 쌤은 중학교 때를 생각하니 갑자기 기분이 가라앉는 것 같았다. 뚱뚱해서 놀림을 받았던 기억 때문이다. 사실 선녀라는 이름이 아닌 '스퀘어'라는 별명 때문에 더 상처받았다. 아빠 체형을 그대로 닮은 데다 육식을 좋아하는 아빠 입맛까지 닮아 초등학교 때부터 통통함과 뚱뚱함을 오갔던 선녀. 친구들은 '언감생심 선녀'를 줄여 '언생녀'라고 부르다가 '못 날아가는 선녀'를 줄여 '못날녀'라고 놀려댔다.

어느 날, 독창 대회에서 대상을 받아 콧대가 하늘 높은 줄 모르던 이자희가 "몸매가 정사각형이야. 글로벌시대에 맞춰 스퀘어 어때."라고 해서 별명이 확정됐다. 아이들이 스퀘어라고 부를 때마다 몹시 불쾌했지만, 꾹 참을 수밖에 없었다.

선녀 쌤은 놀림을 받으면서도 선생님이 되어 즐거운 학교를 만들겠다는 목표를 세웠고, 이제 그 꿈이 이루어졌다. 그런데도 중학교 때를 생각하면 분노와 수치심이 끓어올랐다.

어릴 때 트라우마가 평생 간다는 걸 아는 선녀 쌤의 꿈은 제자들에게 아름다운 추억을 안겨주는 일이었다. 선녀 쌤은 한숨을 푹, 내쉬었다. 중학교 때 친구는 평생 만나지 않으려고 했는데, 하필 이자희를 만날 일이 생길 줄이야.

"흥, 인생은 돌고 도는 거야. 이자희, 네 딸에게 문제가 생길 줄 알았니?"

선녀 쌤은 씁쓸한 미소를 지으며 혼잣말했다. 우선 오라중학교에서 근무하다 영재 스쿨로 자리를 옮긴 한 과장에게 전화해 임예지에 대해 알아봐달라고 부탁했다. 얼마 지나지 않아 한 과장에게서 전화가 왔다.

"그 학생 4학년 2학기 때 영재 스쿨을 그만뒀더라고요. 3학년 때 초등부 전체 대상을 받으면서 천재라고 소문이 났는데, 4학년 때부터 대회 직전에 구토하고 쓰러지고 그랬대요. 대회 앞두고 발작을 일으키거나 연주하다가 까먹어서 우는 애들이 가끔 있어요. 하지만 대개 극복하는데 그 애는 잘 안됐나 봐요. 글쎄 이번 예술중학교 입시에서도 실기 시험 직전에 쓰러졌대요. 애가 트라우마가 심한가 봐요."

선녀 쌤은 소식을 알려준 한 과장에게 감사의 말을 전하고 전화를 끊었다. 예지가 너무 안쓰러웠다. 이자희보다 예지를 먼저 만나는 게 좋을 것 같았다. 선녀 쌤은 바로 예지에게 문자를 보냈다.

'나 선녀 쌤이다. 네가 사흘째 학교에 안 오고 있다는 첩보를 입수했다. 고민이 있으면 교장실로 오라고 했는데. 와, 나를 무시한 거야? 섭섭하다. 오늘 다섯 시까지 우리 집으로 come, come! 학교와 멀지 않으니 찾기 쉬울 거야. 주소 보낼게. 안 오면 일 커진다. 협박 ㅋㅋ.'

선녀 쌤은 바로 집으로 향했다. 된장찌개를 끓이고, 콩나물을 삶아서 무치고, 계란말이를 하려는데 벨이 울렸다. 문을 열자, 예지가 고개를 푹 숙이고 있었다.

"빨리 들어와. 냄새 좋지 않니? 내가 할 줄 아는 요리 세 가지를 임예지에게 바치노라. 노처녀가 세 가지나 할 줄 알면 대단한 거 아니냐?"

예지는 잔뜩 긴장하고 찾아간 자기에게 요리 자랑을 늘어놓는 선녀 쌤을 보자 긴장이 풀렸다. 식탁에 차려진 음식을 보고 솔직히 웃음이 나올 뻔했다. 된장찌개와 콩나물무침밖에 없었기에.

"뭐야, 그 무시하는 눈빛. 계란말이 지금 할 거고, 김치하고 나의 최애 반찬인 진미채 무침도 꺼낼 거야. 두 가지는 마트에서 산 거지만. 아, 오븐으로 삼치도 굽고 있다."

예지의 눈에서 눈물이 툭, 떨어졌다. 아무것도 묻지 않고 밥을 차려주는 선녀 쌤이 너무 고마웠다.

'자, 먹자. 된장찌개에 우렁이를 듬뿍 넣었어. 나는 집에서 식사할 땐 세 가지만 해 먹는데, 물리지 않아. 푹푹 떠먹어."

건강 생각해 소금을 적게 넣어 좀 싱거운 엄마 반찬과 달리, 선녀 쌤의 된장은 짭짤했다. 고춧가루를 잔뜩 뿌리고 참기름을 듬뿍 넣은 콩나물무침은 고소하고 매콤했다. 채소를 잔뜩 넣은 엄마 계란말이와 달리 선녀 쌤 계란말이는 잘게 썬 햄이 가득 들어 있었다.

"맛있지?"

"네, 뭐랄까, 불량 식품처럼 막 입맛이 당겨요. 자극적이면서 맛있어요."

예지의 말에 선녀 쌤이 크게 웃었다.

"내가 추구하는 게 바로 그거야. 음식은 말이야. 자고로 자극적이어야 하거든."

선녀 쌤은 자신의 요리 솜씨가 오늘도 먹혀서 기분 좋았다. 대화가 필요한 아이들을 집에 데려와 토속적이면서 맵싸한 반찬으로 밥을 차려주면 마음을 열었다. 대개 저녁밥을 먹고 약과에다 유자차를 마실 때면 아이들이 먼저 말을 꺼냈다. 예지도 다르지 않았다.

"고장선생님, 감사해요. 내일 등교할게요. 학교 안 가고 돌아다녀 봤지만 갈 데도 없고, 아이들에게 좀 창피해도 그냥 버텨볼래요. 사실 별수 없잖아요."

별수 없잖아요, 라는 말이 선녀 쌤에게 아프게 들렸다. 아이들에게 좀 창피한 그 일이 뭔지는 모른다. 서아에게 일부러 캐묻지 않았기 때문이다. 멍석을 깔아주면 아이들끼리 잘해 나갈 거라는 게 선녀 쌤의 믿음이었다. 선녀 쌤이라고 부르지 못하고 교장선생님이라고 말하는 예지가 매사 자신이 없어 보여 마음이 아팠다. 꿋꿋하던 예지가 갑자기 울먹이면서 말했다.

"교장선생님, 저는 실패한 인생이고 희망이 없다는 생각이 들어요."

그 짧은 말에 그간 예지의 마음고생이 다 들어 있었다. 선녀 쌤은 예지를 가만히 안아주었다. 선녀 쌤에게 안긴 예지가 엉엉 소리 내어 울었다. 마음껏 울 수도 없었던 꽉 막힌 환경을 생각하니 더 눈물이 나왔다. 선녀 쌤은 말없이 예지의 등을 두드려주었다.

"아, 교장선생님 옷이 다 젖었어요. 제가 너무 울어서."

"괜찮아. 세탁하면 되지. 예지야. 자 지금부터 선녀 쌤 따라 계산해 봐. 너 이제 열세 살이야. 일단 평균수명을 80세로 잡자. 24시간은 1,440분에 해당하는데, 이걸 80으로 나누면 1년은 18분이야. 예지는 열세 살이니까 인생 시계로 13 곱하기 18은 234분. 그걸 60으로 나누면 겨우 새벽 3시 54분이야. 쿨쿨 자야 할 시각이지. 그런데 어떻게 실패해? 아직 일어나지도 않았는데. 요즘 100세 시대라고 하잖아. 그러면 대체 예지 인생은 몇 시야? 새벽 1시가 좀 넘었으려나. 얼마나 많은 시간이 남았는데, 얼마나 많은 날이 기다리고 있는데.”

선녀 쌤의 말을 들으니, 예지는 자신이 너무 성급했다는 생각이 들었다. 예지는 눈물을 닦고도 선녀 쌤 품에 한참을 안겨있었다. 실컷 울고, 한껏 안겨있어서인지 마음이 따뜻해졌다.

“선녀 쌤, 감사해요. 저 이런 어리광 처음 부려봐요.”

말간 얼굴로 바라보는 예지의 뺨을 선녀 쌤이 두 손으로 감쌌다.

“이제 갈게요. 우리 엄마, 그렇게 철저한 척, 제 일이라면 다 아는 척하면서 제가 학교 안 간 것도 몰라요. 빨리 집에 가서 오늘도 학교 갔다 온 척해야죠. 내일부터 학교 갈게요.”

‘좋아, 우린 완전 범죄단이야. 엄마 눈치 못 채게 하자. 내일 학교 오면 바로 교장실에 와. 내일 여학생들이 좋아하는 비건 에너지바 배송 오는 날이거든. 예지에게 가장 먼저 줄게.”

선녀 쌤이 눈을 찡긋할 때 예지는 환하게 웃으며 고개를 끄덕였다. 선녀 쌤이 엘리케이터 앞까지 배웅을 나왔다. 엘리베이터가 설 때 선녀 쌤이 예지 귀에다 대고 “너 아직 새벽 4시도 안 됐어. 난 오후 네 시를 향해가는데 말이야. 부럽다.”라고 말했다. 예지는 가슴이 훈훈해지면서 뭔가 해낼 수 있을 것 같다는 생각이 들었다.

4장

16. 이자희, 나 모르겠니?

선녀 쌤은 예지가 다음 날도 등교하지 않았다는 말에 고개를 끄덕였다. 아침에 학교에 오려고 나왔지만, 용기가 나지 않았을 테지, 그런 생각을 하며 이자희에게 전화했다. 결코 다시 만나고 싶지 않았지만, 예지만 생각하기로 했다.

그런데도 가슴이 불규칙하게 뛰었다. 30년이 훌쩍 지난 일인데도, 이자희를 만나려니 불안한 마음이 밀려왔다. 심호흡하고 마음을 다잡았다.

"안녕하세요. 오라중학교입니다. 임예지 학생 어머니시죠? 의논할 일이 있으니 학교에 와주시면 고맙겠습니다."

이자희는 왜 오라고 하는지 짐작이 안 가 고개를 갸우뚱거렸다. 예술중학교가 아니어서 담임이 누군지, 예지가 몇 반인지 모를 정도로 관심 없지만, 교장이 오라니 안 갈 수도 없었다.

한숨이 후, 나왔다. 예지가 피아노 대회에 나가서 상을 줄줄이 받을 때만 해도 학교에 자주 갔고, 그때마다 선생님들이

"어머, 피아노 천재의 어머니."라며 반겨준 일이 떠올라서였
다. 제일 비싼 투피스를 차려입고 미장원에 가서 드라이까지
한 후 학교로 향했다.

　다른 교장실과 달리 책상에 명패도 없고, 여기저기 간식만
잔뜩 쌓여있었다. 이자희는 도도해 보이기 위해 고개만 까딱
하고 못마땅하다는 표정으로 교장을 바라보았다.
　중학교를 졸업한 지 수십 년이 되었는데도 이자희의 얼굴
을 보자 선녀 쌤의 가슴이 쿵 떨어졌다. 여전히 예쁘고 날씬
해 괜히 기가 죽는 데다 중학교 때 놀림 받았던 일이 떠올라
서였다. 선녀 쌤은 고개를 흔들며 정신을 차렸다. 오라중학교
학생 임예지만 생각하기로 했다.
　"오시느라 고생하셨습니다. 저기 소파에 앉으시죠."
　선녀 쌤은 자신을 전혀 알아보지 못하는 이자희의 모습에
쓴웃음이 나왔다. 중학교 때 체형과 크게 다르지 않건만.
　"우리 학교에 귀한 자녀를 보내주셔서 감사합니다. 고마운
마음도 전하고 학교 발전을 위한 학부모들의 의견도 듣고자
모셨습니다."
　이자희는 예지가 보통 아이가 아니라는 걸 알려야겠다고
마음먹었다.
　"오라중학교에 우리 예지가 입학한 걸 고마워하는 건 당연
한 일이죠. 우리 예지는 피아노 천재예요. 초등학교 때 피아

노 경연대회에 나가서 전 학년 대상을 받은 천재랍니다."

이자희는 "3학년 때까지는"이라는 말을 생략하고 당당하게 말했다.

"아, 훌륭한 딸을 두셨군요. 그런 천재를 예술중학교가 아닌 오라중학교에 보내주셔서 감사합니다."

예술중학교라는 말에 얼굴이 벌겋게 달아오른 이자희가 갑자기 부들부들 떨었다.

"예술중학교는 왜 들먹거려요. 마치 예술중학교 못 가서 여기 왔다는 말로 들리네요."

심기가 뒤틀린 이자희의 날카로운 목소리가 선녀 쌤의 귀를 찔렀다. 그 순간 이자희가 허리에 손을 올리고, "와, 저 키에 살이 뒤룩뒤룩 붙으니 완전 북극곰이네. 안 창피한가?"라며 깔깔대던 중학생으로 보였다.

시녀처럼 이자희를 둘러싼 아이들이 "부끄러움을 느끼는 감각이 고장 났나 봐.", "뚱뚱하니까 맷집이 대단하겠지.", "뚱뚱하면 둔감하잖아. 아무 생각이 없는 거겠지."라며 장단 맞추었다.

선녀 쌤은 죄지은 듯 고개를 숙이고 땀을 삐질삐질 흘렸다.

'정신 차려, 넌 중학생이 아니라 중학교 교장선생이야.'

속으로 되뇌어봤지만, 쉽게 빠져나오기 힘들었다.

그동안 기도도 많이 하고 상담도 받으면서 아픔과 불안을 떼어내려 애썼는데, 아직 아물지 못한 상처가 남아 있었다. 선녀 쌤은 정신을 차리려고 고개를 마구 흔들었다. 그때 이자희가 혼잣말처럼 내뱉었다.

"완전 북극곰이네. 어휴, 북극곰 볼살 흔들리는 거 봐."

북극곰이라는 단어에 선녀 쌤이 자리에서 벌떡 일어났다.

"멸치같이 바짝 말라 볼품이라곤 없어 보이는 게 누구보고 북극곰이래. 내가 북극곰이어서 너한테 피해준 거 있어? 마귀할멈에 심술 마녀같이 생긴 주제에 누굴 흉봐."

선녀 쌤은 중학교 때 소리치고 싶었던 말을 자신도 모르게 내뱉었다. 그러자 갑자기 속이 시원해졌다.

"뭐, 뭐, 뭐, 멸치? 마귀할멈? 심술 마녀? 학부도를 불러놓고 대체 뭐 하자는 거야. 교장이라더니 완전 또라이 아냐. 당신 정체가 뭐야?"

늘 한 수 위라는 듯 잘난 체하며 여유 부리던 이자희가 당황해서 씩씩대는 모습을 보자 선녀 쌤은 기분이 좋아졌다. 예전과 달리 쫓기는 듯 초조한 표정의 이자희를 보니 의기양양한 기분도 들었다. 자세히 보니 마른 멸치처럼 쪼그라든 이자희의 얼굴에 수심이 가득했다.

그제야 선녀 쌤은 중학생이 아닌 교장으로 돌아왔다. 예전처럼 거들먹대긴 하지만 생기가 다 빠져 볼살이 쪼글쪼글한 이자희를 보니 안쓰러운 마음이 들었다.

'그래, 예지만 생각하자.'

다시 마음을 다진 선녀 쌤이 입을 열었다.

"이자희, 나 모르겠니? 나 김선녀야. 네가 맨날 스퀘어라고 놀렸던 김선녀."

이자희는 놀라서 선녀 쌤의 얼굴을 뚫어지게 바라보다가 두 손으로 입을 가렸다.

"너 이제 내 기분 알겠니? 중학교 때 너희 패거리가 몰려다니며 나한테 행패 부리고 놀린 거 생각나냐고. 지금 내가 한 말은 너희들이 나한테 한 것에 비하면 십분의 일, 아니 백분의 일도 안 돼."

이자희는 다시 중학생으로 돌아갔는지, 선녀 쌤을 똑바로 보며 빙글거렸다.

"행패는 무슨, 사실을 말한 것뿐인데. 그때나 지금이나 북극곰에다 스퀘어 맞는데, 뭘. 내 딸이 다니는 학교의 교장이 됐으니, 눈에 뵈는 게 없다 이거냐? 너 잘난 체 엄청나게 하고 싶겠다. 내 친구들한테도 네가 잘난 교장 됐다고 알려줘? 다들 사모님 돼서 외제 차로 쇼핑 다니고 피부마사지 받고 필라테스하느라 바빠서 널 기억하려나 모르겠네."

"그래, 그런 게 자랑이면 실컷 자랑하고 다녀. 나는 조금도 부럽지 않으니까. 너, 나한테 사과해. 그때 네가 주동했으니까, 같이 놀린 친구들을 대표해서 나한테 사과해."

선녀 쌤이 정색하고 말하자 이자희는 깔깔 웃더니 입술을 비틀며 말했다.

"사과? 어릴 때 장난을 끄집어내 시비 거는 네가 나한테 사과해야지. 네가 뚱뚱해서, 정사각형이어서 스퀘어라고 한 건, 팩트를 말한 거지 놀린 게 아니야. 수십 년 전 일로 날 기분 나쁘게 한 네가 사과 해."

이자희가 소파에 다리를 꼬고 앉아 빙글빙글 웃으며 놀리듯 말할 때 선녀 쌤이 자리에서 벌떡 일어났다.

"사과해! 무릎까지 꿇으라고는 하지 않을게. 여럿이 몰려다니며 나를 놀리고 괴롭힌 거, 지금이라도 사과하면 용서해 줄게."

선녀 쌤은 고리를 완전히 끊고 싶어 간청하듯 말했지만, 이자희는 아랑곳하지 않았다. 예술중학교 교장이라면 무릎 꿇고 손까지 비비겠지만, 할 수 없이 다니게 된 오타중학교의 교장, 게다가 중학교 때 하찮기 그지없던 찐따에게 절대 사과할 수 없었다. 이자희는 차가운 미소를 지으며 싸늘하게 말했다.

"나 사과할 일 없어. 너 자신이나 추슬러. 중학교 때 일을 지금껏 해소 못 한 저질 멘털로 애들을 어떻게 가르치니? 교장이 너한테 맞는 자리인지나 생각해!"

이자희는 소파 위에 놓아둔 샤넬 백을 어깨에 걸고 또각또각 걸어서 문 앞으로 갔다. 선녀 쌤의 눈에서 눈물이 주르르 흘렀다. 저런 못난 인간에게 상처 입어 죽고 싶었던 사실이 부끄러울 따름이었다. 다시는 떠올리지도 상처받지도 않으리라, 단단히 결심하며 자리에 앉았다.

하지만 지금 그럴 때가 아니라는 생각이 퍼뜩 들어 정신을 차렸다. 예지만 생각하자고 읊조리며 목소리를 높였다.

"임예지가 사흘이나 결석했어."

그 말에 교장실 문을 열려던 이자희가 멈춰 섰다. 잠시 가만히 서 있던 이자희가 다시 걸어와 소파에 앉았다.

"무단결석해서 내가 예지에 대해 좀 알아봤어. 네 말대로 피아노 천재였더라. 초등학교 3학년 때까지는."

이후 대회에 제대로 못 나간 것과 예술중학교에 떨어진 것도 안다고 하자 이자희가 갑자기 소리를 질렀다.

"그래서 고소하니? 교장씩이나 되어서 중학교 때 놀림받은 거 복수하려고 내 뒤를 캐본 거니? 졸렬하다, 졸렬해."

이자희가 벌떡 일어나서 가방을 들고 또 나가려고 했다.

"자희야, 앉아. 너 중학교 1학년 때는 독창 대회 나가서 상을 휩쓸다가, 2학년 때 실수하고부터 무대 공포증 때문에 더 이상 상을 못 받았잖아."

"이제 내 얘기까지 꺼내서 창피 주니?"

"나도 웅변대회에서 1등 했는데 한 번 크게 실수하고부터 계속 버벅대다가 그만두었어. 나는 우리 웅변부 선생님만 안타까워했지만, 너는 워낙 탁월했던 터라 다들 안타까워했지."

이자희가 잠시 멈칫하더니 다시 소파에 앉아 한숨을 길게 내쉬었다. 선녀 쌤도 한숨을 쉬었다. 중학교 때 이자희 패거

리에 대한 분노와 억울함이 여전히 풀리지 않았지만, 교장의
의무를 다해야 한다는 마음으로 억눌렀다.

"예지만 생각하자. 우리 둘 다 그게 먼저야. 내가 그걸 잠시
잊고 사과받으려고 한 거, 미안해. 우리 학교 학생이 내 마음
보다 더 소중해. 우리 지금부터 선생과 학부모로 예지만 생각
하자."

한참 침묵이 흐른 후 이자희가 입을 열었다.

"목소리는 감기만 걸려도 컨트롤이 쉽지 않지만, 악기는 다
를 거로 생각해서 예지한테 피아노를 시켰어. 어릴 때부터 탁
월했는데, 나와 비슷한 증세가 나타나서 정말 너무 답답했지.
정신만 바짝 차리면 되는데 애가 약해빠져서."

"예지 얘기는 들어봤어? 예지가 진짜 하고 싶은 게 뭔지?"

선녀 쌤의 말에 이자희가 눈을 치뜨고 소리 질렀다.

"피아노를 잘 쳤다고, 잘하는 걸 하는 게 맞잖아."

선녀 쌤은 가슴에 손을 대고 숨을 크게 들이쉬었다.

"화를 내는 건 아무런 도움도 안 돼. 예지 마음이 어떨지, 어
떻게 해야 예지가 학교로 돌아올지, 그것만 생각하자."

그 말에 씩씩거리던 이자희도 흥분을 가라앉혔다. 한참 지
난 후 이자희가 입을 열었다.

"내가 이루지 못한 것에 대한 후회와 우리 예지의 천재성이
아까워서 내가 너무 닦달했나봐. 내가 독창 대회에서 상을 받

아오면 우리 엄마가 온 동네 자랑하면서 나한테 다음에도 꼭
1등 해야 한다고 한 것처럼. 엄마의 과도한 기대 때문에 내가
무너졌는데 어느 틈엔가 나도 똑같이 하고 있더라. 이혼하고
나니까 남들에게 더 보여줘야겠다는 생각에서 예지한테 집착
한 것 같아."

이자희는 옛날 생각이 나는지 손수건을 꺼내 눈물을 닦았
다. 선녀 쌤이 따뜻한 차를 만들어와서 내밀며 등을 가만히
쓸어주었다. 이윽고 이자희가 말했다.

"예지가 학교는 안 가면서도 저녁마다 집에는 꼭꼭 들어왔
어. 아직은 여지가 있는 거겠지. 오늘 예지가 돌아오면 차분
히 얘기를 나눠봐야겠어."

"예지, 너무 예쁘더라. 잘 키워. 결혼 안 한 건 별로 아쉽지
않은데 자녀가 없는 건 너무 아쉬워. 오라중학교 학생들을 다
내 자녀라고 생각하며 살고 있어."

어색한 침묵이 흘렀다. 예지 얘기로 마음을 합한 것처럼 보
여도 선녀 쌤과 이자희의 마음은 한없이 불편했다.

선녀 쌤은 상처를 극복했다고 자신하며 살아왔다. 하지만
상처를 준 당사자를 만나자, 어릴 때의 분노가 고스란히 되살
아난 게 너무도 놀라웠다. 상담사가 "당사자를 만나 상처를
직면하는 기회를 가져야 문제가 해결된다."라고 했던 말이 떠
올랐다. 하지만 그 일이 불가능하다는 걸 확인했으니, 예지
일만 신경 쓰자고 마음을 다독였다.

이자희는 마음 깊은 곳에서 올라오는 소리 때문에 몹시 불편했다. 어릴 때 장난이라고 치부했지만 그건 분명 잘못한 일이었다. '상처를 입혔으면 약을 발라줘야지. 그래야 너의 마음도 치유되는 거야. 장난이라는 말로 합리화하지 마. 중학생이면 선과 악, 잘잘못을 다 알 나이잖아.'라는 마음 소리 때문에 머리가 복잡했다.

이자희가 작은 소리로 말했다.

"중학교 때 너 놀린 거 미안해. 그땐 철이 없었어. 아니, 바보였지. 약한 애 괴롭히는 게 이기는 거고 잘난 건 줄 알고. 내가 못나서 그랬다는 걸 나중에서야 깨달았어. 늦었지만 진심으로 사과할게. 미안해."

그 말을 하는 순간, 이자희는 중학교 때 자기가 왜 그랬는지 알게 됐다. 성악 대회에서 떨어진 후 친구들 몰고 다니며 화풀이 대상을 물색했다는 걸. 이자희는 부끄럽고 미안해 고개를 들 수 없었다.

선녀 쌤이 심호흡했다. 언젠가 이자희에게 사과받고 싶었는데, 정말 그날이 온 것이다.

"그래, 나 정말 중학교 때 괴로웠어. 죽고 싶을 때도 있었지만, 꾹 참고 나중에 선생님이 되어 좋은 학교 만들겠다는 꿈을 꾸며 견뎠어. 이제 그 꿈을 이뤘어. 어떻게 보면 자희 네 덕분에 내가 꿈을 이뤘으니 오히려 고마워."

선녀 쌤의 말에 이자희가 눈물을 주르르 흘렸다. 선녀 쌤이 안아주자 예지처럼 어깨에 기대 소리 내어 흐느꼈다. 선녀 쌤의 볼에도 눈물이 흘러내렸다.

“자희야, 나는 네가 예지에게 멋진 엄마가 될 거라고 믿어.”

선녀 쌤의 말에 이자희는 마음을 추스르고 고개를 들었다.

“선녀야, 정말 미안해.”

이자희가 무릎을 꿇으려고 하자 선녀 쌤이 황급히 만류했다.

“됐어, 말로도 충분해. 고마워. 너의 말을 들으니 마음이 말할 수 없이 평안해. 늘 마음 한쪽이 무거웠는데. 정말 고마워, 자희야.”

선녀 쌤의 말에 이자희는 다시 흐느꼈고 둘은 한참을 울었다. 이윽고 이자희가 차분한 목소리로 말했다.

“예지하고 며칠 여행 다녀올래. 월요일에 등교시킬게. 예지가 피아노 연습 때문에 그동안 단 하루도 못 쉬었거든. 사흘 동안 실컷 놀고 와서 예지가 하고 싶은 대로 하게 해줄래. 담임선생님께 잘 말해줘. 선녀야, 정말 고마워. 넌 최고로 멋진 교장선생님이야.”

이자희의 진심 어린 말에 선녀 쌤의 얼굴이 활짝 펴졌다. 가슴 한쪽의 움푹 패인 상처가 깨끗이 메워진 듯 날아갈 것만 같았다.

예지는 엄마가 여행을 가자고 했을 때 귀를 의심했다. 단 한

번도 집을 떠나본 적 없었고, 명절날 할머니 댁에 가서도 반
드시 피아노를 연습해야 했다. 그런데 설악산에 가자는 엄마
의 말에 예지는 놀라서 입을 다물지 못했다.

무슨 꿍꿍이가 있는 것 같았다. 엄마가 대체 왜 그런 제안을
하는지 알 수 없어, 불안이 가득 몰려왔다.

설악산 아래 콘도에서 지내는 동안 예지는 괜히 안절부절
못했다.

“엄마, 정말 피아노 안 치고 놀아도 돼?”

엄마가 푹 쉬라고 말했는데도 몇 번이나 확인했다. 자기도
모르게 콘도 로비에 있는 피아노 앞으로 걸어가서 뚜껑을 열
뻔했다. 그런 예지를 엄마가 꼭 안아주었다.

“예지야, 미안해. 정말 아무것도 안 해도 돼. 돌아가서도 피
아노 하기 싫으면 안 해도 돼. 그냥 예지가 하고 싶은 게 뭔지
그걸 찾아봐.”

예지는 너무 바뀐 엄마의 태도에 적응이 되지 않았다. 괜히
엄마 눈치 보느라 첫날은 밥도 제대로 넘어가지 않았다. 종일
한 번도 피아노를 치지 않고 밤을 맞았다.

불을 껐지만 잠이 오지 않았다. 더블 침대에서 엄마와 함께
자는 것도 익숙지 않았다. 엄마도 잠이 오지 않는지 간간이
한숨을 내쉬었다. 커튼이 조금 젖혀진 창을 통해 별이 가득한
하늘이 보였다.

유치원 때 가족을 떠난 아빠는 미국에 갔다더니, 그동안 한

번도 연락하지 않았다. 너무 어릴 때라 구체적인 기억이 없어서인지 그립지도 않았다. 피아노와 엄마만 있으면 된다고 생각했는데 그게 마음대로 안 되어 마음이 아팠다. 눈물이 하염없이 흘렀다.

그냥 다 갑갑했다. 학교에 가도, 여행을 와도 풀리는 게 없으니까. 선녀 쌤은 새벽 네 시도 안 된 인생이라고, 아직 시작도 안 했으니 실망할 일도 없다고, 지금부터 잘하면 된다고 말해주었지만 그렇지 않은 것 같았다. 13년을 살면서 너무 많은 일이 일어났으니까.

어떻게 해야 할지 방법이 떠오르지 않는 게 문제였다. 여행을 마치고 돌아간다 한들 뭐가 달라질까, 그런 생각에 마음이 더욱 답답했다.

다음 날 아침, 잠에서 깬 예지를 엄마가 바라보고 있었다.

엄마는 중학교 때 성악 대회에서 실수했던 얘기를 하면서, 그동안 엄마 욕심이 과했다고 사과했다. 예지는 너무도 달라진 엄마의 태도에 어리둥절할 뿐이었다.

"예지야, 선녀 쌤이 엄마랑 중학교 동창이더라. 이번에 알았어. 선녀 쌤한테 좋은 얘기 많이 들었어."

엄마가 선녀 쌤을 거론하는 순간, 예지의 마음이 편안해졌다. 선녀 쌤이 멋지게 엄마를 설득한 게 분명했다. 예지는 막혔던 가슴이 툭 터지는 기분이 들었다.

"예지야, 엄마도 그동안 많이 답답했어. 우리 아무 걱정하지 말고, 재미있게 놀다가 서울로 돌아가자. 마음에 쌓인 거 다 털어내자."

엄마의 제안에 예지는 고개를 크게 끄덕였다. 그제야 마음 속의 큰 돌이 굴러 내려가는 소리가 들렸다.

들째 날부터 마음이 풀어지면서 마음껏 즐겼다. 케이블카를 타고 설악산 권금성에 을라가 크게 소리 지르고, 속초에서 회도 실컷 먹었다. 엄마 친구가 운영하는 강릉 사천 바닷가 카페 블리스에서 제주산 말차에 콩가루를 얹은 '진리 그린'도 마셨다.

들아오는 기차 안에서 예지는 엄마 팔짱을 끼고 엄마 어깨에 기대 눈을 감았다. 독사 같은 눈으로 늘 지적만 하던 엄마가 환하게 웃어주어서 마치 꿈을 꾸는 것 같았다.

월요일, 예지가 등교했을 때 일주일만에 왔다는 사실을 기억하는 아이는 서아와 민우뿐이었다. 일주일 사이에 가사 유출 건이 다 가라앉아서 더 이상 그 얘기를 꺼내는 아이도 없었다. 겉으로 표시하지 않았지만, 마음속으로 위축되었던 예지는 안도의 숨을 내쉬었다.

서아는 완성된 〈큰 별〉 악보를 예지에게 건네주었다.

"모레가 개교기념일이어서 내일 전교생이 학교에서 합숙한대. 오늘은 학교에서 여러 가지를 준비한다고 수업 마치면 바로 돌아가래. 오늘내일은 연습 못 하니 목요일부터 할 거야. 악보 살펴보고 목요일에 말해줘.”

예지는 서아의 말에 고개를 갸우뚱거렸다. ‘해야 돼’가 아니라 ‘말해줘’라는 건 안 해도 된다는 뜻인가. 자기가 없는 동안 초희가 대신 피아노를 쳤다는 걸 아는 예지는 갑자기 초조해졌다. 이제 정말 열심히 할 생각인데 초희가 대신하는 건 아닌지 불안했다.

그 자리에서 “앞으로 내가 할게.”라고 말하고 싶었지만, 입이 떨어지지 않았다. 예지는 더 이상 결석하지 않고 참여하기로 마음먹었다. 그리고 반드시 예서민 앙상블을 해내야겠다고 결심하며 갖고 온 악보로 열심히 준비했다.

17. 씽씽 나라 프리데이

서아는 1교시부터 가슴이 붕 떠서 도무지 공부가 되지 않았다. 오늘 수업 마치고 학교에서 밤을 보낸 후 내일 아침에 집으로 돌아간다니, 이런 경험을 하게 해준 선녀 쌤이 너무도 고마웠다. 어제 모니터에 등장한 선녀 쌤의 말에 아이들은 교실이 떠나가라 함성을 질렀다.

"내일 수업 끝나면 하교는 없습니다. 밤새 학교에 있을 거니까요. 한밤중에 으스스한 교정을 걸어보시렵니까? 우리 학교에 귀신이 산다는 거 다들 알랑가 몰라."

선녀 쌤의 말에 남학생들까지 꺅, 소리를 질렀다.

"씽씽 나라 프리데이는 학기 초에 친구들과 더 친해지자는 취지의 프로그램이에요. 특별한 순서는 없어요. 친구들과 밤새 떠들고 싶은데 엄마가 몇 시까지 집에 오라고 해서 짜증 났죠? 내일은 집에 안 가고 친구하고 밤새 수다 떨어도 돼요. 준비물은 담임선생님이 말씀해 주실 겁니다."

어제부터 울렁거리던 가슴이 오늘까지도 계속 두근거렸다.

서가는 한밤중에 컴컴한 교실 복도를 꼭 걸어 보리라 마음먹었다. 그리고 건물 뒤 으슥한 창고까지 가보기로 했다. 생각만 해도 떨렸지만 꼭 해보고 싶었다. 꺅꺅, 소리 지르며 깜깜한 복도를 달리면 마음속 먹구름이 다 걷힐 것 같았다.

수업이 끝나고, 일찌감치 제공된 저녁 급식을 먹은 뒤 전교생이 강당에 모였다. 선녀 쌤이 마이크를 잡았다.

"첫해에 이 행사를 하면서 각 반이 잠잘 자리를 마련했는데, 아무 소용이 없었어요. 아무도 안 자고 밤을 ㅈ새워서 말이죠. 잠 오는 학생들은 갖고 온 담요를 덮고 구석에서 잠깐씩 눈을 붙여도 되고요. 자, 이름 그대로 프리데이예요. 특별한 프로그램은 없어요. 친구들과 밤새워 노는 게 중학생들 소원이라고 해서 마련한 겁니다. 학생회에서 몇 가지 프로그램을 준비했다고 하니 선생님들은 뒤로 물러나 있겠습니다. 모두 즐거운 시간 되도록, 여기는 씽씽 나라, 씽씽 나라에 온 여러분을 환영합니다!"

선녀 쌤의 선언에 아이들은 강당 천장이 뚫어져라 소리 질렀다. 학생회장이 등장해 아직 4월의 밤이니 갖고 온 패딩을 잘 활용하라고 했다. 그리고 자유 시간을 갖다가 저녁 8시에 프로그램을 시작한다고 덧붙였다. 학생들은 삼삼오오 모여 돗자리에 담요를 깔고 방석까지 배치해 방처럼 꾸미느라 열심이었다. 밤에 먹을 간식을 산처럼 쌓아놓은 친구들도 있었다.

서아는 친구들의 돗자리를 살펴보는 것만으로도 신났다. 띠 언니들과 돗자리를 꾸미던 서아는 구석에 혼자 우두커니 앉아 있는 예지를 보았다. 서아는 조금 망설이다가 예지에게 다가갔다.

"나랑 같이 있을래? 내가 돗자리하고 담요하고 다 갖고 왔어."

예지는 잠시 망설이다가 서아를 따라갔다. 자리에 가보니 하연 언니와 진선 언니가 보이지 않았다.

"언니들 어디 갔지? 너는 띠 언니들하고 연락 안 해?"

그 말에 예지가 고개를 끄덕였다. 어색한 기운이 흐르는데 민우가 다가왔다.

"와, 여학생들은 마치 방처럼 꾸미네. 예쁘고 안락해. 남자 애들은 그냥 바닥에 앉아 있어. 핸드폰 보고, 노트북이나 탭 가지고 와서 게임하느라 바쁜 애들도 있고. 그래도 다들 기분 좋은 표정이야."

"근데 남학생들은 이따가 밤 12시 넘어서 교정에 나가는 거 별로겠네. 안 무서울 거잖아."

"아냐, 무서워하는 애들 많아. 나도 무서운데."

서아와 민우가 마주 보고 웃을 때 예지는 마음이 아팠지만, 질투는 나지 않았다. 더 이상 억지 부리면 안 된다는 걸 알아서였다. 같이 끼어서 이야기할 용기는 나지 않았다. 먼저 사과부터 해야 하는데, 그것도 쉽지 않았다.

"자, 주목!"

학생회장이 긴 막대기를 들고 앞에 섰다. 옆에는 학생회 간부들이 줄지어 서서 뭔가 분위기가 심상치 않았다. 하연 언니와 진선 언니도 강단 위에 서 있었다.

"오늘 '씽씽 나라 프리데이'를 시작하기 전에 짚고 넘어가야 할 문제가 있다. 이번에 입학한 1학년들, 너희들이 오라중학교 개교 이래 가장 버릇없다는 거 알고 있는지 모르겠네."

약간 소란스럽던 강당이 일시에 얼음을 부은 듯 조용해졌다. 서아는 너무 놀라 눈을 동그랗게 떴다. 이런 경직된 분위기는 처음이었다.

"요즘은 한 달 만에도 세대 차이가 난다고는 하지만, 1년 차이 나는 2학년들과 1학년은 각각 다른 별에서 온 것 같아. 지금 2학년들이 입학했을 때 선배들한테 고개 숙여 인사하고 존댓말을 해서 오히려 선배들이 그러지 말라고 말릴 정도였어. 그런데 이번 1학년들은 띠 언니, 띠 형에게 바로 반말하고, 고개 숙여 인사? 그런 건 바라지도 않아. 그냥 쌩까고 지나가고."

서아의 가슴이 툭 떨어졌다. 하연 언니와 진선 언니를 만났을 때 너무 좋아서 바로 반말했던 게 떠올랐기 때문이다. 마음이 불안했다. 어쩐 일인지 선생님들이 보이지 않았다. 무슨 일이 일어날 것만 같았다.

"선배들이 과연 싹수없는 1학년들을 언제까지 봐줘야 하는 걸까. 언제까지 인내해야 하는 거냐고."

학생회장이 막대기로 바닥을 쿵쿵 쳤다. 어디선가 훌쩍이는 소리가 들렸다. 1학년 여학생 몇몇이 울기 시작한 것이다. 서아도 눈물이 나오려고 했다.

"김선녀 교장선생님이 선녀 쌤이라고 부르라고 하신 건 우리와 친해지기 위해 일부러 벽을 허무신 거지, 버릇없이 굴라는 건 아니잖아. 그런데 1학년들이 교장실에 마구 들어가서 간식을 마음대로 꺼내 먹고, 와, 난리가 났더라."

서아도 며칠 전 교장실에 다녀왔는데 혹시 그걸 본 게 아닐지 걱정됐다. 예지는 가사 유출 사건이 선배들한테 퍼진 게 아닐지 걱정되어 마음이 불안했다. 훌쩍이는 소리가 더 커졌다.

"사랑이 넘치는 학교가 되라고 했지, 질서가 무너지고 예의 없는 학교가 되라고 한 건 아니잖아. 선녀 쌤의 사랑으로 학교가 정말 좋아졌는데 이번 1학년 때문에 다 무너졌어. 1학년!"

전교 회장이 불렀지만 아무도 대답하지 않았다.

"불러도 대답도 안 해? 이쯤 되면 완전히 막가자는 거네. 1학년!"

그러자 "예." 하는 소리가 작게 들렸다.

"도저히 참을 수 없다. 1학년의 이런 태도, 그냥 넘어갈 수 없어!"

전교 회장의 목청이 높아지는 순간 갑자기 불이 꺼졌다. 그러자 여학생들의 울음소리가 일제히 커졌다. 놀란 서아는 가까스로 울음을 참았다. 선생님들이 없는 사이에 무슨 일이 생기면 어쩌나 하는 생각에 핸드폰을 꼭 쥐었다. 여차하면 바로 해나 쌤에게 전화하기로 마음먹었다.

그때 앞문이 열리면서 촛불이 켜진 삼단 케이크를 실은 카트가 들어왔다. 뭐지, 뭐지, 여기저기서 웅성거릴 때 조명이 밝아지며 2학년과 3학년이 큰 소리로 노래했다.

"입학 축하합니다. 입학 축하합니다. 사랑하는 1학년, 입학 축하합니다."

그제야 입학 축하 이벤트라는 걸 알았지만, 얼떨떨한 표정으로 웃지 못하는 학생이 많았다. 서아는 숨을 크게 내쉬며 가슴을 눌렀다. 심장이 계속 벌렁거렸기 때문이다.

"사랑하는 1학년, 이게 우리 오라중학교 전통의 입학 축하 이벤트입니다. 내년에도 이벤트를 실시해야 하니, 내년 신입생들에게 절대 함구! 알았죠?"

그제야 와글와글 떠들기 시작했다.

"와 3학년은 3년을 참아야 하는 거야?"

"아니지, 졸업하고도 달하면 안 되지."

"임금님 귀는 당나귀 귀처럼 산에 가서 외쳐야 하나."

여기저기서 웅성웅성 시끄러웠다. 그제야 마음이 안정된 서아는 주변을 돌아보았다. 얼굴이 발그레 물든 예지를 보자 안

도감이 들었다. 예지도 동화되기 시작했다는 생각에서였다.

"예지야, 이따가 자정에 복도랑 교사 뒤에 있는 창고까지 가보려고 하는데, 같이 갈래?"

"무서울 거 같은데."

"띠 언니들이 그러는데 2, 3학년은 예전에 해봐서, 1학년만 두 명씩 차례로 할 거래. 여럿이 가면 안 무서워서 효과가 없대. 혼자는 기절할 수도 있어서 둘이 가야 한대. 너 안 가면 누구랑 짝하지?"

서아가 다른 아이들을 둘러보자 예지가 "같이 갈게."라고 했다. 서아가 "우리 기절하지 말자."라고 하자 예지가 "나 생각보다 간 커."라고 말해 둘이 마주 보고 웃었다. 예지와 처음으로 얘기다운 얘기를 나눈 서아의 마음은 따뜻해졌다.

복도 걷기를 가장 먼저 신청한 서아가 자정에 1등으로 출발하게 됐다. 12시가 가까워지자, 가슴이 콩닥거렸다.

"너무 무서워."

파랗게 질린 서아 옆에서 예지가 "나도."라며 근심 어린 표정을 지었다. 둘은 강당을 나와 컴컴한 복도로 향했다. 문이 삐걱거리는 소리에도 소름이 끼쳤다. 복도에는 희미한 달빛만 흩뿌려져 있었다.

"무서워. 그냥 돌아갈까?"

서아의 말에 예지가 "같이 가보자. 함께니까 괜찮아."라고 했다. 예지의 말에 둘은 누가 먼저랄 것도 없이 손을 잡았다. 천천히 걸으며 창밖도 보고 교실 안도 살펴보다가 괜히 흠칫 놀라기도 했지만, 둘이 의지하고 걸으니 힘이 됐다. 가슴은 콩알만 해지는데 눈은 점점 커졌다.

서아는 무서운 복도를 통과하면 자기를 칭칭 감고 있는 패배감이 사라질 거라는 기대감이 생겼다. 더 이상 여술중학교 실패에 묶여있지 않겠다는 결심을 했다.

예지는 서아의 손을 꽉 잡았지만, 온몸에 소름이 돋을 정도로 무서웠다. 하지만 복도 끝까지 걸어가면 무대 공포증과 트라으마가 사라질 것 같아 용기를 냈다.

"으악! 저게 뭐야?"

서아의 고함에 예지도 "으악!" 하고 소리 질렀다. 교실 안에서 뭔가 일렁이고 있었다. 둘은 동시에 복도 바닥에 바짝 엎드렸다. 이제 반밖에 못 왔는데 일어설 용기가 나지 않았다. 그 순간, 둘은 동시에 핸드폰을 꺼냈다.

"불빛을 비춰보자."

서아의 말에 예지도 핸드폰의 손전등을 켜서 교실 안을 비췄다. 창문을 안 닫아서 게시판을 장식해 놓은 휘장이 펄럭이는 게 보였다. 서아와 예지는 동시에 웃음을 터트렸다.

"와, 정말 놀랐어. 나 혼자 왔으면 기절했을 거야."

서아의 말에 예지가 "나도 그랬을 거야."라고 말했다. 둘은 손을 꼭 잡고 나머지 복도를 걸었다. 끝까지 오자 한숨이 훅,

나왔다. 서아는 예지와 손을 잡고 폴짝폴짝 뛰며 좋아했다. 뭔가 큰 터널을 통과한 기분이었다.

"이제 뭐든 할 수 있을 것 같아. 절대 지지 않아."

서아의 말에 예지도 결연하게 말했다.

"나도 절대 지지 않을 거야."

예지의 대답에 서아가 환하게 웃었다.

"창고 있는 데까지 가보자."

서아의 말에 예지가 고개를 끄덕였다. 너무 긴장했는지 머리가 지끈거렸지만, 서아는 원래 목표를 달성하고 싶어 예지의 손을 꼭 잡았다.

"우리 여기서부터 달려가 보자. 까짓것 귀신이 나오면 누가 더 잘 달리나 내기하는 거고."

서아의 말에 예지가 "오케이"로 화답했다. 4월 밤바람이 꽤 서늘했지만, 오히려 정신이 번쩍 나서 좋았다. 둘은 복도에서부터 잡은 손을 놓지 않고 마구 달렸다.

모퉁이를 돌던 서아와 예지가 동시에 "악!" 하고 소리 질렀다. 상대도 메아리처럼 "악!" 하고 외쳤다. 저쪽에서 오던 아이들과 마주친 것이다.

"뭐야, 민우하고 정후네. 야, 너희 소리가 우리 소리보다 더 컸어. 완전히 겁먹었군."

서아의 말에 민우가 "소문내지 말아 줘. 너희들이 갑자기 나타나서 놀란 거란 말이야."라고 말해 넷이 폭소를 터트렸다. 민우가 손바닥을 들어 예지에게 하이 파이브를 청했다. 짝, 하고 소리가 날 때 예지는 그간 쌓인 모든 게 날아가는 것 같았다.

"손 시원해."

서아는 예지의 그 말뜻을 충분히 이해할 수 있었다. 서아는 자신의 마음속에 있는 먹구름과 예지 마음에 웅크리고 있는 응어리가 다 날아가길 바라는 마음에서 예지의 손을 잡고 운동장을 마구 달렸다.

강당으로 돌아오자, 다른 아이들이 무섭지 않냐고 질문을 퍼부었다.

"완전 무서웠지만, 귀신과 마주쳤을 때 큰 소리로 안녕, 이라고 했어."

서아의 말에 아이들이 꺅, 소리 지르자 예지가 "난 귀신이랑 하이 파이브도 했어."라고 말해서 아이들은 더 크게 아우성쳤다.

서아와 예지가 마주 보며 웃자, 아이들이 "순 뻥이네."라며 즐거워했다. 예지는 자신이 아이들과 격의 없이 얘기하고 있다는 사실에 놀랐다. 그리고 안도가 되었다. 어떻게 다가가야 할지 걱정했는데 프리데이 행사가 그 자리를 마련해 주었기 때문이다. '선녀 쌤, 감사해요.' 예지는 속으로 가만히 읊조렸다.

18. 모차르트와 K팝

　예지가 참여하지 않았을 때부터 연습했던 터라 합창 대회 곡은 웬만큼 준비된 상태였다. 예지는 초희에게 정식으로 자신이 반주해도 되겠냐고 물었고, 초희는 그러면 오히려 고맙겠다고, 답했다.

　"나는 겨우 멜로디에 약간의 화음을 넣는 수준이어서 오히려 미안했어. 서아와 민우의 실력에 못 따라가서 조바심이 났는데 피아노를 잘 치는 예지가 컴백한다니 환영, 대환영이야."

　초희의 말에 서아와 민우는 너무 겸손하다며 엄지손가락을 세웠다. 예지는 자기가 불러일으킨 파장으로 여러 사람을 피곤하게 했다는 생각에 미안한 마음이 들었다.

　초희가 간 다음, 드디어 예서민 앙상블이 완전체가 되었다. 예지는 아무 말 없이 피아노 앞에 앉더니 〈큰 별〉을 연주하기 시작했다. 아르페지오와 트릴, 손가락으로 건반을 쓸어내리는 글리산도, 반음씩 움직이는 크로매틱 스케일까지 화려한 연주가 이어졌다.

"와, 대박. 음이 길어 허전한 공간을 예지가 변화무쌍하게 표현하니 곡이 훨씬 활기차고 멋있어."

민우의 말에 예지가 환하게 웃었다. 서아도 손뼉을 치며 "맞아, 맞아."를 연발했다.

"내가 〈큰 별〉 작곡에 참여하지 못해서 편곡 개념으로 반주를 화려하게 만들어본 거야."

예지의 말에 민우는 엄지손가락을 치켜세운 뒤 제안했다.

"자, 그럼 〈작은 별〉에 이어서 〈큰 별〉까지, 합주해보자. 하나, 둘, 셋!"

민우의 신호에 셋은 뒷문에서 총연출 정후가 듣는 줄도 모르고 신나게 연주했다. 연주가 끝나자, 정후가 휘파람을 불며 다가왔다.

"와, 나 지금 예술회관에 온 줄. 너희들 정말 전문 연주자 같아. 그래서 말인데, 〈작은 별〉을 연주할 때 중간에 예서민 앙상블이 특별 연주하는 구간을 좀 길게 잡았어. 우리가 같이 합창하다가 중간에 연주를 화려하게 한 후 다시 합창하고 〈작은 별〉을 마친 후, 〈큰 별〉로 들어가서 드럼에다 키보드, 칼각 군무로 분위기를 확실히 바꾸는 거지. 자칫하면 합창곡과 창작곡이 비슷하게 들릴 수도 있는데 우리 반은 피아노-바이올린-첼로 연주를 중간에 넣어 확실히 클래식한 분위기를 내면서 창작곡과 차별화하는 거지."

정후의 말에 예서민 앙상블은 대찬성이라고, 화답했다. 연주를 더 잘하기 위해 열심히 연습하자는 결의도 다졌다.

합창 대회가 열흘 앞으로 다가오자, 학교에 긴장이 감돌기 시작했다. 정규 수업을 마치면 각반은 합창 대회 연습으로 바빴다. 피아노가 있는 각 학년 음악실과 강당을 예약해 그 시각에 제대로 된 반주로 연습에 전력을 다했다. 대회 날까지 강당에서 세 번 연습할 기회가 있어서 그때 마무리를 잘하기로 했다.

금요일 저녁 6시에 열리는 아빠 회사의 '사원 가족을 위한 음악회'에 엄마와 서아가 초대되었다. 서아는 무대를 보며 간접경험을 하기로 마음먹었다. 엄마와 함께 아빠 회사로 가는 내내 서아는 학교 합창 대회 이야기를 했다.

"공부 마치고 세 시간 넘게 합창 연습하면서 춤까지 추는데, 다들 힘도 안 드나 봐. 재미있고 신나서 그런 거 같아."

"엄마가 시골에서 자라서인지 우리 어릴 때는 산과 들로 뛰어다녔어. 세 시간이 뭐야, 네 시간, 다섯 시간씩 달렸지. 중학생들은 하루에 몇 시간씩 뛰어노는 게 정상이야. 근데 요즘 애들은 차에 실려 학원만 오가잖아. 선녀 쌤이 아이들 성향을 잘 알아서 뛰어다니게 하는 거야. 오라중학교 선생님들이 아이들을 사랑해서 좋아."

엄마와 함께 모차르트 교향곡 40번을 들으며 합창 대회 이야기와 선녀 쌤 칭찬으로 꽃을 피웠다. 문득 창밖을 보는데 아주 익숙한 공원이 보였다. 막 어둠이 깃들기 시작한 공원은 모차르트를 만났던 그 공원과 흡사했다. 꿈에서 모차르트를 만난 장소가 실제로 있다는 사실이 놀라웠다.

"엄마, 저 공원 이름이 뭐야?"

"아, 저기 봉봉 공원이야. 봉봉역에서 내리면 바로 갈 수 있어. 가을이면 정원 축제도 열리고, 음악회도 열리고, 드론 쇼도 하고. 나중에 같이 가볼까?"

봉봉역이면 서아네 집에서 겨우 세 정거장 떨어진 곳이었다. 서아는 머리에서 반짝하고 뭐가 스쳐 지나가는 느낌을 받았다.

서아는 아빠 회사 음악회 내내 학교 합창 대회와 봉봉 공원만 생각했다. 아빠 회사는 딱 어른들 수준에 맞는 음악회여서 좀 지루했지만 그래도 피아노 3중주를 연주할 때 관심 있게 들었다.

가곡 독창이 이어질 때 서아는 온라인 마켓에서 저빨리 옷을 주문했다. 가곡이 끝난 후 익숙한 전주가 나와 서아와 엄마는 마주 보며 눈을 동그랗게 떴다. 모차르트 교향곡 40번이 흘러나왔던 것이다.

검은색 바지에 흰색 목폴라를 입은 아홉 명의 남자는 전주가 끝나자 노래하며 춤을 추기 시작했다. 자세히 보니 아빠가 끼어 있었다. 서아가 엄마 귀에 대고 "아빠 저기 있잖아."라고 하자, 엄마가 활짝 웃으며 작은 소리로 말했다.

"내일이 엄마 생일이잖아. 멋진 선물을 해 준다더니 모차르트 교향곡 40번을 콜라보한 노래를 하네."

엄마는 기분이 좋은지 환하게 웃었다. 서아는 핸드폰 검색창에 '모차르트 콜라보 아이돌 노래'를 쳐보았다. 모차르트의 곡을 콜라보한 곡들이 꽤 있었다. 서아는 고개를 끄덕이며 그 내용을 저장했다.

음악회가 끝난 후 서아는 아빠 엄마와 함께 레스토랑에 가서 저녁을 먹었다. 아빠가 그동안 연습한 얘기와 함께 무대에서의 긴장을 설명해 주어 여러모로 도움이 되었다.

"근데 서아 너는 뭐가 그렇게 좋아서 계속 붕붕 떠 있니?"

아빠의 말에 서아가 얼버무렸다.

"응, 그런 게 있어. 그리고 아빠랑 엄마랑 외식하니까 좋아서 그렇지."

서아는 집에 돌아와서 부지런히 검색했다. 모차르트 작품과 콜라보한 K팝이 있다는 걸 이제야 알게 되어 신기하면서 반가웠다. 그 음악을 모차르트와 함께 들을 생각을 하니 가슴이 두근거렸다.

19. 포기하지 않는 마음이 중요해

일요일 오후, 서아는 봉봉 공원으로 향했다. 봉봉 공원을 보는 순간 모차르트에게 강한 텔레파시를 보냈고, 모차르트가 분명 주파수를 잘 맞출 거라고 확신했다. 두근거리는 가슴을 안고 공원에 들어섰다. 숲속 길로 들어서 큰 느티나무 쪽으로 가자 교복을 입은 모차르트가 나무에 기대어 환하게 웃고 있었다.

"와, 모찰! 내 마음이 전달되었네. 그저께 이 공원을 보는 순간부터 너에게 강한 텔레파시를 계속 쏘았거든."

"그때 나 연주하고 있었는데 찌징, 하고 느낌이 딱 오더라. 꿈에서 만나는 것도 쉽지 않지만, 실제로 오는 건 굉장히 힘든 일인데 말이야. 그건 전에도 말했지만, 너의 주파수가 나와 아주 잘 맞기 때문이지. 태교라는 게 그래서 중요한 거야. 너의 강한 염원이 나한테 전달되어서 로마에서 연주회를 마치자마자 달려온 거야."

"내가 온 마음을 다해 텔레파시를 보냈기 때문에 네가 올 거라고 생각했지만 진짜 오다니, 정말 고마워.”

서아는 가슴이 벅차 눈물이 나올 것 같았다.

“나도 좋아. 서아 덕분에 나도 멋진 여행을 해서. 이 교복 무척 마음에 드는데 너는 왜 안 입고 왔어? 지금 입은 분홍색 후드티도 예쁘긴 하지만. 청바지랑 잘 어울려.”

“노노, 오늘 일요일이야. 일요일에 교복 입는 애는 없거든. 그래서 네 것도 준비해 왔어. 너는 회색 후드티랑 청바지. 저기, 화장실에 가서 갈아입고 와.”

“오, 예, 커플룩이네.”

옷을 갈아입고 온 모찰과 서아는 공원을 빠져나왔다.

“〈케이팝 데몬 헌터스〉가 드디어 넷플릭스 역대 최다 시청 기록을 세웠어. 관광객도 엄청나게 늘었고. 영화에 나온 장소를 방문하고, 한국인의 일상을 체험하는 게 유행이야. 외국인들에게 방 탈출 카페와 피시방, 노래방이 인기래. 그중에서 오늘은 피시방으로 모실게.”

서아는 자연스럽게 모찰과 손을 잡고 피시방으로 향했다.

“와, 굉장하다.”

컴퓨터와 푹신한 의자가 꽉 들어찬 피시방을 감탄하며 둘러보는 모찰을 자리에 앉힌 뒤, 서아는 모찰에게 헤드폰을 씌워주었다. 서아가 음악을 연결하자 뮤직비디오와 함께 모차르트 교향곡 40번이 흘러나왔다. 모찰이 눈을 동그랗게 뜨더니 헤드폰을 벗고 서아에게 말했다.

“어, 이거 뭐야? 내 음악으로 노래를 만든 거야?”

“맞아, 교향곡 40번을 샘플링해서 새롭게 재해석한 곡이야. 제로베이스원이라는 아이돌 그룹인데 이 노래 제목은 〈체크 메이트〉야. 계속 들어봐.”

모찰이 계속 신기하다는 표정으로 본 뮤직비디오가 끝나자 바로 TVXQ의 〈Tri-Angle〉을 연결했다. 모찰은 파워풀한 뮤직비디오를 보며 고개로 박자를 맞추었다. 교향곡 25번을 모티브로 활용한 탑독의 노래까지 들은 모찰은 “내 음악을 아이돌 노래에도 활용하다니 감동이야. 세련됐고 현대적이라는 뜻이잖아.”라며 좋아했다.

“후세 음악가들에게 영감을 준 건 엄청난 일이지.”

서아의 말에 모찰은 어깨를 으쓱이며 좋아했다.

피시방에서 나온 서아는 모찰이 아이돌 공연을 직접 보면 좋을텐데, 라는 생각에 아쉬움이 들었다. 사전녹화나 공개방송 티켓을 구하려고 애썼지만, 모두 실패해서 안타까웠다. 모찰은 서울 거리를 다니는 것만으로도 기분 좋은 듯 여기저기 둘러보느라 정신이 없었다. 노래방에 가서 방금 들은 노래를 직접 불러보면 좋겠다고 생각하며 주변을 살피는 서아 앞에 자동차가 끽, 멈췄다.

“서아야, 너 여기서 뭐 하니?”

조우현 박사님이었다. 순간, 서아는 모찰 때문에 망설여졌지만 인사했다.

"친구하고 놀고 있어요."

"아, 그렇구나. 혹시 너 공개방송 가지 않을래? 선녀하고도 친구인 펑엔터테인먼트 펑한수 사장이 키우는 아이돌이 오늘 첫 출연이래. 나더러 직접 보고 평가 좀 하라고 해서. 사실 내가 아이돌 음악을 뭘 알겠니? 요즘 세대인 서아하고 친구가 더 잘 알지. 너희들이 보고 감상을 말해주면 내가 한수에게 전해줄게. 어때, 같이 갈래?"

"와, 감사해요. 정말 가고 싶었는데. 제 친구 모찰이랑 같이 가도 돼요?"

"그럼, 상관없지. 뒷자리에 타라."

조 박사님이 프라이버시를 존중해서인지 모찰에 대해 묻지 않아 다행스러웠다. 서아는 뒷자리에서 모찰에게 공개방송에 대해 소개했다. 웬만해선 가기 힘든 곳인데 가게 되었다는 설명에 모찰은 요즘 세계적으로 인기 있는 K팝을 직접 보게 되어 설렌다고 했다. 서아도 가슴이 두근거렸다. 과연 클래식의 대가인 모찰이 K팝을 좋아할지 걱정되기도 했지만.

결과는 대성공이었다. 모찰은 가수들의 현란한 춤과 노래뿐만 아니라 팬들의 열기에도 감탄했다고 말했다.

"나는 근엄한 궁정이나 귀족들 앞에서 연주하는데, 모든 사람이 신나게 음악을 즐기는 모습이 참 보기 좋아."

서아와 모찰은 조 박사님께 깍듯하게 감사 인사를 하고 한

강 공원으로 향했다.

서아는 한강 공원에서 돗자리를 펴놓고 모찰과 함께 라면과 닭꼬치, 과자와 콜라를 먹었다. 마침, 바이올리니스트가 버스킹을 하고 있었다.

"많은 사람이 여기 와서 쉬고 있네. 평화로워 보여. 합창 대회 준비는 잘 돼가? 아까 조 박사님이라는 분이 합창 대회에 오신다고 하는 거 같던데?"

"응, 다음 주가 합창 대회야. 우리 교장선생님이 조 박사님이랑 펑 대표님께 오시라고 했대. 우리가 창작곡도 선보이니까 두 분한테 심사를 맡기셨대. 모찰도 오면 좋은데. 그날 올 수 있어?"

모찰이 아쉬운 표정으로 고개를 좌우로 흔들었다.

"나는 연주가 계속 있어서 오기 힘들 것 같아. 하지만 너의 꿈속은 종종 찾아갈게. 우리 파이팅하자."

서아는 눈물이 핑, 돌았다. 더 이상 모찰을 못 보게 된다는 생각에서였다. 하긴 이렇게 만난 것만 해도 너무 감사한 일이었다. 딱 한 번만 직접 만나게 해달라고 한 기도가 이뤄졌는데, 더 욕심을 내면 꿈에서도 못 만날 것 같아 마음을 내려놨다.

"나는 이번에 모찰을 만나서 많은 생각을 했어. 사람은 누구나 자기 시대를 사는 건데, 사는 동안 정말 열심히 노력해

야 한다는 걸 깨달았어. 모찰이 열심히 작곡한 덕분에 대한민
국 아이돌이 영감을 얻었잖아. 나도 결심했어. 이번에 〈큰 별〉
작곡하면서 작곡에 흥미를 느꼈어. 앞으로 작곡도 열심히 하
고 공부도 열심히 할 거야. 내가 정말 원하는 게 뭔지, 나의 재
능이 어디 있는지 알기 위해 두루두루 경험할 거야.”

모찰은 손뼉 치면서 서아의 등을 두드려주었다.

“그런데 모찰처럼 천재가 아니어서 잘할 수 있을지 모르
겠어.”

“사람들은 늘 나에게 천재라고 하지만, 교육과 환경이 나를
만든 거야. 아버지도 이름있는 바이올린 연주자이자 작곡가
였지만, 나의 재능을 보시고 나의 교육과 음악적 상상력을 위
해 자신의 생애를 바치셨어. 아버지의 헌신적인 희생과 엄격
한 교육이라는 바탕에서 나의 재능이 꽃피었던 거야.”

모찰은 여섯 살 때부터 빈과 독일, 이탈리아, 영국, 프랑
스, 네덜란드까지 전 유럽을 여행하면서 다양한 음악을 접
하고 뛰어난 음악가들로부터 많은 가르침과 조언을 들었다
고 했다.

“좀 철이 들고 나서 하나님이 나에게 훌륭한 재능을 주신
걸 깨달았어. 그걸 알고 난 후 더 노력했어. 감사하니까. 재능
이 꽃피려면 피나는 노력이 뒤따라야 해. 하나님이 주신 재
능, 아버지가 만들어준 기회에 감사해서 열심히 한 덕분에 좋
은 결과가 나온 거야. 너의 재능을 찾은 다음 신나게 달려. 뱃

속에서부터 내 교향곡 40번을 들었으니 넌 분명히 잘할 거야. 파이팅!"

서아는 모찰의 격려에 힘이 났다. 모찰은 서아의 마음에 오래오래 남을 말을 남기고 떠났다.

"포기하지 않는 마음이 중요해. 분명 어려움이 닥쳐오겠지만 이겨내면 돼. 너와 나, 우리의 열세 살을 기억하자. 너를 만난 열세 살이 나에게 큰 힘이 될 거야."

서아는 떠나는 모찰에게 소리쳤다.

"너는 정말 나에게 큰 용기를 주었어. 평생 오늘을 기억할게. 잘 가!"

서아는 눈물을 흘리다가 황급히 닦았다. 멀어져 가는 모찰을 자세히 보기 위해. 회색 후드티와 청바지를 입은 힙한 모찰이 점점 멀어지더니 어느 순간, 점처럼 보였다. 서아는 오래도록 손을 흔들고 서 있었다.

가슴이 벅차올랐다. 그 순간 깨달았다. 이 감동이 가슴 밑바닥에 깔린 우울을 다 몰아냈다는 것을. 이제 뭐든 할 수 있을 것 같은 용기가 생겼다는 것을.

20. 이제 이겨낼 수 있어

드디어 합창 대회 날이 밝았다. 가슴이 두근두근했다. 서아는 꼭 1등을 해서 큰 도움을 준 모차르트에게 결과를 전하고 싶었다. 학교는 긴장감으로 터질 듯했다. 교실에서 책걸상을 뒤로 밀고 마지막 연습을 했다. 공간이 좁았지만 〈큰 별〉 안무 동선을 체크하고 파이팅을 외친 뒤 강당으로 향했다.

1층에는 각 학년 학생이 자리하고 2층 관람석에는 학부모들이 들어찼다. 서아는 2층 중간 자리에 앉은 엄마를 향해 손을 흔들었다. 엄마는 딸을 못 봤는지, 계속 아래층을 살피고 있었다.

"우리 엄마는 안 오신다더니 왜 왔지?"

예지가 긴장한 얼굴로 말했다. 서아는 예지의 손을 꼭 잡았다. 어제저녁, 예지 엄마가 먼저 서아 엄마에게 전화했다. 서아 엄마가 전화를 끊은 뒤 서아를 불렀다.

"예지가 4학년 때부터 트라우마로 피아노 대회에서 연주를 못 했대. 예술중학교도 그래서 떨어졌다는구나. 이번 합창 대희 연주도 망칠까 봐 예지 엄마 걱정이 커. 네가 예지 손을 꼭 잡아 주고 안정될 수 있게 도와줘. 우리 서아는 씩씩하잖아.”

서아는 엄마 말을 떠올리며 예지의 등을 감싸안았다. 그때 2반의 연주승이 다가오더니 예지를 바라보며 코웃음을 쳤다. 순간 예지가 경련을 일으키며 몸을 부르르 떨었다. 주승의 표정은 ‘너희 반을 곤경에 빠트리고 무슨 낯짝으로 참여하는 거니?’라고 말하는 듯했다. 대회에 앞서 예지의 마음을 흔들어 연주를 못 하게 하려는 의도가 분명했다.

서아가 주승에게 바짝 다가섰다.

“너, 무슨 짓이야. 부끄럽지도 않니? 남의 핸드폰 내용 훔쳐서 사이트에 올린 건 범죄야. 그때 봐준 걸 고맙게 생각해야지. 어딜 함부로 찾아와. 창피하지도 않니?”

서아가 윽박지르자, 주승은 “범죄? 나, 촉법소년!”이라고 얄밉게 말했다. 그것도 모자랐는지, 뒷걸음질로 걸으며 혀를 내밀고 손가락을 빙빙 돌리며 계속 놀려댔다.

화가 부글부글 끓어오른 민우가 달려가려고 하자, 서아가 멈춰 세웠다. 그 순간 뒷걸음질하던 주승이 뭐에 걸렸는지, 바닥에 나동그라졌다. 퍽! 큰 소리가 났다. 아이들이 일으켜 세우자 겨우 일어선 주승이 절뚝거리며 걸어갔다.

“와, 주먹이 나갈 뻔했는데 저 자식이 알아서 넘어지네. 저런 자식 때문에 촉법소년 나이를 확 낮춰야 한다니까. 근데 쟤 춤춰야 하는데 저렇게 심하게 넘어져서 괜찮을지 몰라.

‘죄는 죄대로 물은 물대로’라는 말이 딱 맞아. You’re guilty!”

씩씩거리던 민우가 식은땀을 흘리며 벌벌 떠는 예지의 등을 두드려주었다. 더 이상 민우의 관심을 끌려는 쇼가 아니라는 걸 아는 서아가 예지의 손을 가만히 잡았다.

“예지야. 코로 숨을 배까지 들이쉬고 1초간 멈춘 뒤 입으로 후 내뿜어. 심호흡이 안정에 좋아. 자, 같이하자.”

서아는 예지의 손을 잡고 심호흡을 함께했다. 서서히 예지의 안색이 돌아왔다.

“마음이 조급하거나 불안할 때 ‘도와주세요’라고 기도하면서 심호흡해. 그러면 진정돼.”

예지는 “도와주세요.”라고 읊조리면서 계속 심호흡했다.

“고마워. 이제 좀 괜찮아. 나 초등학교 4학년 때부터 무대공포증이 생겼어. 3학년 이후 오늘이 사실상 첫 무대야. 안 그래도 떨리는데 저 녀석까지 와서 마음을 흔들어 예전 증상이 되살아날 뻔했어. 너희들이 도와줘서 이제 안정됐어.”

그때 민우가 예지의 두 손을 잡고 눈을 똑바로 보며 말했다.

“예지야, 절대 떨지 마. 절대 겁먹지 마. 저런 녀석은 잊어. 서아와 나만 믿어. 우리 셋은 최강이야. 연주하다가 떨리면 나 쳐다봐. 내가 연주하면서 너를 계속 바라볼 테니까.”

민우의 말에 예지가 눈물을 주르르 흘렸다. 서아는 눈물을 닦아주면서 “예지야 힘내.”라고 말했다. 예지가 다시 심호흡하고 둘을 쳐다봤다.

“나 괜찮아. 너희 둘이 있어 마음이 든든해. 사실은 지난번에 내가 학교 안 나온 건, 가사 누출 건도 있지만, 예고 입학에 대한 압박 때문이었어. 엄마가 나한테 내 인생이니 내가 선택하래. 피아노 안 쳐도 된다고 했어. 그런데 이번에 연습하면서 점점 용기가 생겼어. 이번 경연 잘 마치고 다시 피아노 칠래. 합창 대회 준비하면서 내가 정말 피아노를 좋아한다는 걸 깨달았거든.”

예지는 두 친구와 함께하면서 힘이 생겼다고 말했다. 안 그랬으면 아까 같은 상황에서 분명 쓰러졌을 거라면서.

“나, 오랫동안 트라우마에 시달렸어. 근데 이제 이겨낼 수 있을 거 같아. 심호흡도 정말 도움이 됐고. 고마워. 너희 둘 덕분이야. 서아야, 예전에 거짓말한 거 미안해. 민우야, 내가 억지 부린 거 미안해.”

예지의 볼에서 눈물이 똑 떨어졌다.

“벌써 다 잊었어. 야, 곧 대회 시작인데 이제 집중! 우리 지난날은 다 잊고 앞으로 전진만 하자.”

서아의 말에 예지가 활짝 웃었다. 민우가 갑자기 서아와 예지의 어깨에 팔을 걸쳤고, 셋은 빙글빙글 돌며 파이팅을 외쳤다. 서아는 가슴이 터질 듯했다. 이제 뭐든 할 수 있을 것 같았다. 그리고 예지가 회복된 것이 무엇보다 기뻤다. 서아는 예지를 보며 “넌 나의 히어로야. 네가 힘을 내야 나도 힘이 난단 말이야.”라고 읊조렸다.

"와, 저기 2층 끝에 엄청 큰 선글라스 낀 아줌마, 왜 저러시니. 실내에서 웬 선글라스. 저분이 우리 엄마라니, 근데 기분은 좋아. 우리 엄마 완전히 한국 오셨어. 나는 할아버지 할머니와 살고 싶다, 그랬더니 엄마가 짐 정리해서 서울로 오신 거야. 뉴욕이 아무리 좋아도 혼자는 외롭더래. 대신 열심히 공부해서 대학은 뉴욕으로 가래. 그때 엄마도 함께 가겠다며."

서아와 예지가 잘 됐다며 축하했다. 서아는 모차르트를 만난 것 외에 딱히 할 말이 없었다. 그 일은 혼자 간직하고 싶었다. 어쨌든 뭔가 털어놓아야 할 분위기였다.

"나는 이번에 〈큰 별〉 작곡하면서 작곡에 흥미를 느꼈어. 특히 모차르트 음악이 좋아. 그래서 지금부터 작곡에 관심을 가지려고. 솔직히 예술중학교 떨어져서 마음에 패배감이 컸는데, 이번 합창 대회 준비하면서 자존감이 쑥, 상승했어. 작곡도 하고 공부도 하고 이것저것 다 해볼래. 사실 예중 떨어진 뒤 난 패배자다, 뭘 해도 안 될 거야, 이런 생각이 많았는데, 귀인을 만나서 용기백배했어. 귀인이 누군지, 그건 민우가 뉴욕대 갈 때쯤 말해줄게."

민우는 그 귀인이 누군지 안다는 듯 빙그레 웃었다. 예지가 지금 말해달라고 졸랐지만, 서아는 웃기만 했다.

아이들이 재잘재잘 떠들고 있을 때 선녀 쌤이 강단에 등장했다.

"오라중학교 학생 여러분!"

선녀 쌤이 부르자 학생들이 강당이 떠나가라 대답했고, 곧 이어 합창 대회가 시작됐다. 제비뽑기로 정한 순서에 따라 열띤 경연을 벌였다. 순서가 거듭될수록 서아는 자신감이 솟았다. 모차르트와 함께 작곡한 〈큰 별〉이 탁월하다는 확신이 들었기 때문이다. 특히 2반과는 비교도 되지 않을 정도로 우월했다. 그런 계략 짤 시간에 연습이나 열심히 할 것이지, 서아는 코웃음을 치며 혼잣말을 했다.

아까 넘어진 여파 때문인지 춤을 추던 주승이 삐끗해서 넘어졌다가 일어서는 바람에 탄식과 웃음이 마구 터져 나왔다. 민우가 손가락으로 총알을 날리며 "You're guilty!"라고 할 때 예지가 미소를 지었다. 예지가 한층 안정된 모습이어서 서아는 마음이 놓였다.

드디어 1학년 1반 차례가 왔다. 서아와 예지와 민우는 눈빛을 주고받으며 결의를 다졌다.

예서민 앙상블의 연주를 시작으로 〈작은 별〉이 경쾌하면서 장엄하게 울려 퍼졌다. 이어진 〈큰 별〉은 노래하다가 중간에 강당 전체를 사용하는 현란한 안무를 선보였다. 풍한수 대표님이 심사 위원이라는 말에 특훈을 받은 태주가 마치 곡예 동작과 같은 아크로바틱까지 구현해 박수가 터져 나왔다. 무사히 무대를 마치고 내려올 때 1학년 1반 학생들의 얼굴에 뿌듯

함이 감돌았다. 마음을 합쳐 완벽한 실력을 발휘했다는 자부심이 모든 친구의 얼굴에 가득했다.

결과는 1학년 1반이 전체 1등이었다. 평엔터테인먼트 평한수 대표님은 "〈작은 별〉을 자연스럽게 〈큰 별〉로 연결해 통일성이 있었고, 무엇보다도 〈큰 별〉은 아이돌이 바로 발표해도 될 정도로 친숙하면서도 매력적인 곡입니다. 이 곡을 우리 회사에서 선점하고 싶네요."라는 말까지 했다.

평 대표님의 말에 예서민 앙상블은 손을 마주 잡고 기뻐했다. 작사와 작곡에 세 명의 이름이 올라가기 때문이었다.

대회를 마치고 학생들이 교실에 모였을 때 학부모들도 따라 들어왔다. 민우 엄마는 여전히 선글라스를 쓰고 있었고, 예지 엄마는 손수건으로 계속 눈물을 닦았다. 서아 엄마는 환하게 웃으며 서아에게 엄지손가락을 들어 보였다.

해나 쌤은 학생들보다 더 좋아했다.

"여러분, 정말 너무너무 자랑스러워요. 우리 반이 1등 해서 어깨가 으쓱으쓱 올라가네요. 선녀 쌤이 주신 상금으로 이번 주 토요일에 다 같이 놀이동산 갑시다."

아이들이 책상을 두드리며 함성을 질러 학부모들이 귀를 막아야 할 정도였다.

예지 엄마가 다가와서 예지를 보듬고 조용히 말했다.

"잘했어. 그동안 엄마가 미안했어."

"나도 오늘 무사히 연주해서 너무 좋아. 이제 자신감이 생겼어. 엄마, 고마워. 나를 믿어주고 밀어줘서. 엄마, 사랑해."

유난히 꼭 끌어안는 모녀를 보고 서아 엄마가 부러운 표정을 지었다.

"엄마. 왜, 내가 꼭 안아 줘? 부러워?"

"됐다. 엎드려 절 받기지."

서아와 엄마가 티격태격하고 있을 때 민우가 선글라스를 머리에 걸친 엄마와 함께 다가왔다.

"안녕하세요. 민우 엄마예요. 오늘 연주 어메이징했죠? 애들 연주가 아티스틱하면서 센슈얼했어요. I was so surprised."

민우 엄마는 뉴욕에서 온 티를 팍팍 내며 즐거워했다.

그때 해나 쌤이 다가오더니 말했다.

"서아, 예지, 민우, 선녀 쌤이 부르시네, 교장실로 가봐. 어머니들도 함께 가세요. 좋은 소식이 있는 것 같아요."

교장실에는 선녀 쌤 말고도 조 박사님과 평 대표님이 함께 있었다.

"우리 예서민 앙상블 여기 와서 앉고, 학부모님들도 같이 앉으세요. 조 박사부터 말씀하세요."

셋은 잔뜩 호기심 어린 눈으로 조 박사님을 바라봤다.

"다음 주에 내가 모차르트 강연을 하는데 그때 특별 초청하고 싶어서요. 천재 시리즈 강연은 대중 강연과 멤버십 강연

두 가지로 나눠서 하는데, 다음 주, 호텔 멤버십 강연이 있어요. 그때 예서민 앙상블이 와서 〈작은 별〉을 연주해 줬으면 해서요. 물론 페이도 드립니다. 그리도 대중 강연도 몇 번 할 예정인데, 그때는 큰 강당에서 해요. 그때도 연주해 주세요. 오늘 연주에 굉장히 감동받았어요. 아주 프레시하면서도 깊이가 있었어요.”

조 박사님의 말이 끝나자, 엄마들이 흥분해서 손뼉을 치다가 입을 막고 호호, 웃었다. 이번에는 평 대표님이 나섰다.

“〈큰 별〉, 그 곡을 우리가 사겠습니다. 우리 회사 간판 아이돌 ‘로드스타’가 곧 컴백인데 곡이 팀 이름하고도 잘 맞고, 무엇보다 노래가 좋아서 타이틀로 가도 될 것 같아요. 가사까지 완벽해서 손댈 데가 없어요.”

엄마들은 너무 놀랐는지 입을 막고 눈을 동그랗게 떴다. 그러자 서아와 예지, 민우가 일어나 만세를 불렀다.

“와, 우리 중학교에서 작곡가가 탄생하네. 천재 작곡가들, 만세!”

선녀 쌤은 덩실덩실 춤까지 추며 좋아했다.

“나이 어린 작곡가들은 얼마든지 있어. 모차르트는 여섯 살 때부터 작곡했으니까. 너희들은 재능을 일찌감치 발견했으니 계속 노력해 봐. 좋은 일이 많을 거야.”

조 박사님의 말에 서아의 가슴이 부풀어 올랐다. 그 순간, 작곡을 더 열심히 하기로 마음먹었다. 조 박사님과 평 대표님이 돌아간 후, 예지 엄마가 나섰다.

"여기 선녀와 제가 중학교 동창이에요. 이번 합창 대회 1등도 축하할 겸 조만간 여기 있는 분들을 우리 집으로 초대할게요. 저 요리 솜씨가 꽤 괜찮으니 기대하시고요."

예지 엄마의 말에 예지가 "그건 확실해요. 적어도 선녀 쌤보다는 훌륭해요."라고 말해 모두 웃었다.

집으로 돌아오는 길, 서아는 기분이 아주 좋았다. 합창 대회 1등 소식을 모차르트에게 알릴 수 있게 된 게 무엇보다도 기뻤다.

"엄마, 고마워."

"무슨 소리야. 엄마가 고맙지. 내 딸에게 그런 재능이 있다니."

"내가 뱃속에 있을 때부터 엄마가 모차르트 교향곡 40번을 들은 덕분에 1등 했단 말이야. 주파수가 높아서 모찰도 만나고."

"그건 칭찬받을 만하지. 내가 교양이 넘쳐서 클래식을 좋아하잖니. 근데 모찰이 뭐니? 새로 나온 찹쌀떡이니?"

엄마의 말에 서아가 킥킥, 웃었다. 서아는 자동차에 오르자마자 모차르트 교향곡 40번을 틀었다. 차 안에 음악이 가득 넘쳐흘렀다. 서아는 창문을 내리고 숨을 크게 들이마시면서 강하게 텔레파시를 보냈다. 모차르트에게. 오늘 밤 꿈에서 꼭 만나자고. 서아의 가슴이 두근두근했다.

엄마가 교향곡 40번을 흥얼거릴 때 서아는 눈을 감고 읊조렸다. 더 이상 마음속에 남은 구름은 없다고 확신하며, "행복해!"라고.

천재가 되고 싶은 소녀

발행일 | 2025년 12월 17일 초판 1쇄
지은이 | 이근미
펴낸이 | 장영훈
펴낸곳 | (주)이츠북스
책임편집 | 고은경
편집 | 김영경, 주순옥, 박희성
마케팅 | 남선희, 최지민, 김정빈
디자인 | 디자인글앤그림

출판등록 | 2015년 4월 2일 제2021-000111호
주소 | 서울특별시 강서구 화곡로 416, 1715~1720호
대표전화 | 02-6951-4603
팩스 | 02-3143-2743
이메일 | 4un0-pub@naver.com

홈페이지 | www.4un0-pub.co.kr
SNS 주소 | 페이스북 www.facebook.com/saungonggam
　　　　　인스타그램 www.instagram.com/saungonggam_pub
　　　　　블로그 blog.naver.com/4un0-pub

ISBN | 979-11-94531-26-5 (43810)

사유와공감은 (주)이츠북스의 출판 브랜드입니다.

사유와공감은 독자 여러분의 책에 관한 아이디어와 원고 투고를 기쁜 마음으로 기다리고 있습니다. 책 출간 아이디어가 있으신 분은 이메일 **4un0-pub@naver.com** 또는 사유와 공감 홈페이지 '작품 투고'란으로 간단한 개요와 취지, 연락처 등을 보내 주세요. 여러분을 언제나 응원합니다. ☺